Alfons Wolff

Ueber das gemeinrechtliche Princip der Regulirung der Beweislast

Antigonos

Alfons Wolff

Ueber das gemeinrechtliche Princip der Regulirung der Beweislast

Unveränderter Nachdruck der Originalausgabe von 1876.

1. Auflage 2024 | ISBN: 978-3-38635-127-0

Antigonos Verlag ist ein Imprint der Outlook Verlagsgesellschaft mbH.

Verlag: Outlook Verlag GmbH, Zeilweg 44, 60439 Frankfurt, Deutschland, info@outlook-verlag.de
Vertretungsberechtigt: E. Roepke, Zeilweg 44, 60439 Frankfurt, Deutschland
Druck: Libri Plureos GmbH, Friedensallee 273, 22763 Hamburg, Deutschland

Ueber das

gemeinrechtliche Princip

der

Regulirung der Beweislast.

Inaugural-Dissertation

zur

Erlangung der Dotorwürde

bei der

juristischen Facultät der Rheinischen Friedrich-Wilhelms-Universität zu Bonn,

nebst den beigefügten Thesen vertheidigt

am 27. März 1876

von

Alfons Wolff,

Gerichts-Referendar.

Opponenten:

Dr. med. Eugen Berghaus, prakt. Arzt.
Justus Budde, Referendar.
Eugen Hengstenberg, Referendar.

Bonn,

Universitäts-Buchdruckerei von Carl Georgi.

1876.

Seinen lieben Eltern.

Litteratur.

———

Für die ältere Litteratur vor **Weber** verweise ich
auf **Danz**, Grundriss des ordentlichen Processes (Stuttgart
1791 u. ö.) § 232, wozu ich in der folgenden Aufstellung
nur Ergänzungen gebe. Auch die Litteratur über die Einzelcontroversen und die zahlreichen zerstreuten Aufsätze
über unsere Frage wird man in den von mir angegebenen
Werken vollständig verzeichnet finden.

Fulv. Paciani tract. cui incumbat onus probandi,
Erfurt 1631 (Hannover 1703).

Wolfg. Trier, Dissert. de onere probandi, Erfurt 1738.

Flotho, Diss. de probationis injunctione, Gött. 1738.

J. Justus Schierschmidt, allgemeine Regel wer
— — Beweis zu übernehmen habe, Erlang. 1754.

Specht, Diss. de insufficientia regulae: affirmanti
etc. Halle 1787.

Metzger, Diss. de onere probandi Alt. Noric. 1800.

Pfeiffer, vermischte Aufsätze III, 3. Marburg 1803.

E. C. G. Schneider, vollständige Lehre vom Beweise,
Giessen 1803.

Weber, Verbindlichkeit zur Beweisführung 1805.
3. Aufl. Leipzig 1845.

von Tevenar, Theorie der Beweise im Civilprocesse,
2. Aufl. Magdeburg 1805.

B. J. C. Petri, über Beweislast, Göttingen 1806.

Klötzer, Beitrag zur Lehre von der Beweislast,
Jena 1813.

Borst, Beweislast im Civilprocess, Leipz. 1816. 1824.

C. C. Collmann, Grundl. einer Theorie des Beweises, Braunschweig 1822.

v. Bethmann-Hollweg, Versuche Nr. 5. Berlin 1827.

v. Bayer, Vorträge über Civilprocess, München 1828. 8. Aufl. 1856. Die neuern Auflagen sind unverändert.

Knappe, Versuch einer Entwickelung mit Rücksicht auf die Beweislast, München 1835.

Ritzy, Verbindlichkeit zur Beweisführung im Civilprocesse, Wien 1841.

Helmolt, Beitrag zur Lehre des Unterschiedes zwischen Klageableugnung und Einrede, Giessen 1849.

Helmolt, Verhältniss der Exceptionen zur Beweislast, Giessen 1852.

Wirth, leitende Principien der Beweislast.

Gerber, Beiträge zur Lehre vom Klaggrund und der Beweislast, Jena 1858.

Langenbeck, Beweisführung in bürgerlichen Rechtsstreitigkeiten Band II, Leipzig 1860.

Maxen, über Beweislast, Einreden und Exceptionen, Göttingen 1861.

Burckhard, die civilistischen Präsumtionen, Weimar 1866.

C. Gross, die Beweistheorie im kanonischen Processe pag. 25 ff. Wien 1867.

Die Lehrbücher des römischen Privatrechts und des gemeinen Civilprocesses behandeln sämmtlich unsere Frage, besonders

Kierulff, Theorie des gemeinen Civilrechtes I; ausserdem namentlich

J. Unger, im 2. Bande seines Systemes des östreichischen Privatrechts.

I.

Einleitung.

Die Frage, mit welcher sich die vorliegende Abhandlung beschäftigt, ist wohl geeignet, auch über die Grenzen des gemeinen Rechts hinaus Interesse zu erwecken. Sie ist eine jener Grundfragen, die in jedem geordneten Staate wiederkehrend weniger nach der historischen Entwickelung des einzelnen Rechtssystems sich beantwortet, als vielmehr aus allgemeinen Gesichtspunkten in vorwiegend logischer Betrachtung erörtert sein will. Und wenn schon die römischen Quellen bei den hier einschlagenden Entscheidungen häufig auf die Natur der Dinge verweisen und das Selbstverständliche ihrer Aufstellungen betonen, so täuscht wohl nicht die Annahme, dass man in dieser gerade im römischen Rechte von der geschichtlichen Entwickelung wenig beeinflussten Materie eines jener Gebiete berührt, welche Jahrhunderten die Veranlassung gegeben haben, in der Justinianischen Compilation weniger den Abschluss einer oft geänderten Gesetzgebung, als vielmehr die ratio scripta selbst zu erblicken.

Diese Erwägung hat auch Veranlassung gegeben, in Folgendem die Polemik möglichst in den dogmengeschichtlichen Theil zu verlegen, indem ich dadurch zu erreichen suchte bei der Aufstellung meines eigenen Systemes rasch und in enger Folge ein Princip entwickeln zu können.

Ist der oben berührte Punkt von mehr theoretischem Interesse, so hat doch unsere Lehre auch eine eminent praktische Bedeutung.

»Das onus probandi ist eine der wichtigsten Fragen, weil davon sehr häufig der Ausgang des Processes abhängt. Bei den allermeisten Processen sind nicht die Rechtssätze, sondern die Thatsachen bestritten, und der Beweis der relevanten Thatsachen kann zuweilen so schwierig oder wegen Mangels an Beweismitteln so unsicher sein, dass vielleicht mit der Entscheidung über die Beweislast in der That schon so gut als über die Sache selbst entschieden ist« [1]).

Mit diesen Worten würdigt einer unserer hervorragendsten Civilisten die praktische Wichtigkeit der Vertheilung der Beweislast, einer Frage, deren Beantwortung übrigens von jeher von den Theoretikern als wesentlich erkannt wurde. Eine Bestätigung für die einschneidende Bedeutung unserer Lehre scheint mir auch die Erscheinung zu enthalten, dass trotzdem es durch Jahrhunderte nicht gelungen ist, eine Einigung über das tragende Princip zu erzielen, dennoch im wesentlichen nicht nur die meisten einschlägigen Fälle in concreto gleichmässig entschieden wurden, sondern auch die Resultate der Theoretiker entschiedene Uebereinstimmung zeigen. In der That machen die meisten hierher gehörigen Arbeiten den Eindruck, dass ihre Verfasser mit fertigen Meinungen, wie sie ihnen ihr mehr oder minder geschärftes Rechtsgefühl unabweisbar eingab, an unsere Frage herantraten und weniger auf festem Wege nach unbekanntem Ziele strebten, als vielmehr vom erreichten Ziele aus einen Weg zu den Quellen und zu der Ueberzeugung Anderer suchten [2]).

---

1) Puchta Vorlesungen 4. Auflage 1854 p. 221.

2) Vergl. z. B. Gerber in der unten näher zu besprechenden Abhandlung pag. 167. »Der Zweck meiner Untersuchungen war, diese von mir von vorneherein als eine Irrlehre betrachtete Doc-

Was die älteren in Betreff der Beweislast aufgestellten Theorieen anbelangt, so findet sich eine zwar kurze aber vortreffliche Dogmengeschichte bei Bethmann-Hollweg, in dessen Versuchen über einzelne Theile der Theorie des Civilprocesses [1]), welche bis zu dem unten näher zu besprechenden Werke von Weber reicht. Es konnte deshalb im Folgenden von einer erschöpfenden Betrachtung der älteren Litteratur abgesehen werden, während ein näheres Eingehen auf die seit Weber erschienenen vorzüglichsten Behandlungen unseres Gegenstandes nicht ohne Interesse und Nutzen zu sein schien.

---

trin mit wissenschaftlichen Gründen und durch Nachweise aus den Rechtsquellen zu widerlegen.«

1) Berlin und Stettin 1827 p. 320—337.

II.

Dogmengeschichte.

———

Ein Blick in die römischen Quellen — die sedes materiae wird gebildet von dem Digesten-Titel: De probationibus et praesumtionibus (22, 3) und dem Codextitel: De probationibus (4, 19) — zeigt uns sofort zwei sehr allgemeine und nachdrücklich betonte Aufstellungen, die eine: »necessitas probandi incumbit ei, qui agit« [1]), die andere: »ei incumbit probatio qui dicit non qui negat« [2]). Und auch das wird schon flüchtiger Beobachtung nicht entgehen, dass zuweilen ein erwarteter Parteibeweis durch Präsumtionen ersetzt und damit im Bestreitungsfalle der Gegenpartei aufgebürdet wird [3]).

———

1) L. 21 dig. h. t. Verius esse existimo ipsum, qui agit, id est legatarium, probare oportere, sciisse alienam rem vel obligatam legare defunctum, non heredem probare oportere, ignorasse alienam vel obligatam; quia semper necessitas probandi incumbit illi, qui agit. cf. § 4. I. 2, 20 (de legatis) l. 12 D. h. t. vv. prima fronte aequius videtur ut petitor probet, quod intendit, — — l. 8. C. h. t. (impp. Diocletianus et Maximinianus): frustra veremini ne ab eo qui lite pulsatar, probatio exigatur. cf. l. 19. C. h. t. l. 20 C. eod. l. un. Cod. 4, 4 (de prohib. sequestrat.) l. 9 C. 8, 36 (de exception.)

2) l. 2. D. h. t. ei incumbit probatio qui dicit, non qui negat. l. 23 C. h. t. l. 10 C. de non num. pec. 4, 30.

3) Ausser den vielen unten zu gebenden Citaten hebe ich schon hier hervor l. 24. D. h. t. si chirographum cancellatum fuerit, licet praesumtione debitor liberatus esse videtur, in eam tamen

In der That sind denn auch die genannten drei Punkte die Veranlassung ebenso vieler Systeme gewesen.

Der erste Satz war in der Fassung, dass im Verlaufe eines Processes nur der Kläger zu beweisen habe, doch zu offenbar unrichtig und manchen Quellenentscheidungen widersprechend [1]), als dass nicht auch diejenigen, welche ihn an die Spitze der ganzen Lehre stellten, ihre Position durch allerlei Einschränkungen zu decken suchten, unter denen eine

---

quantitatem, quam manifestis probationibus creditor sibi adhuc deberi ostenderit, recte debitor convenitur. l. 25. pr. § 1 cod. sin vero ab initio confiteatur quidem suscepisse pecunias, dicat autem, non indebitas ei fuisse solutas, praesumptionem videlicet pro eo esse, qui accepit, nemo dubitat. — — et ideo eum, qui dicit indebitas solvisse, compelli ad probationes § 1 sin autem is qui in debitum queritur, vel pupillus vel minor sit, vel mulier, vel forte vir quidem perfectae. aetatis, sed miles vel agricultor et forensium rerum expers vel alias simplicitate gaudens et desidiae deditus, tunc cum qui accepit pecunias, ostendere bene eas accepisse et debitas ei fuisse solutas. et si non ostenderit eas redhibere. cf. § 8 I. de fidej. 3, 20. l. 30. D. de V. C. 45, 1. l. 17. I. de in stip. 3, 19.

1) Dem Beklagten wird z. B. der Beweis auferlegt in l. 12 D. h. t. — — prima fronte aequius videtur, ut petitor probet quod intendit, sed nimirum probationes quaedam a reo exiguntur; nam si creditum petam, ille respondeat, solutam esse pecuniam, ipse hoc probare cogendus est; et hic igitur, cum petitor duas scripturas ostendit, heres posteriorem inanem esse, ipse heres id approbare judici debet. l. 25. Cit. D. h. t.: cum de indebita quaeritur quis probare debet non fuisse debitum, res ita temperanda est, ut, si quidem is, qui accepisse dicitur rem vel pecuniam indebitam, hoc negaverit, et ipse, qui dedit legitimis probationibus solutionem approbaverit, sine ulla distinctione ipsum, qui negavit sese pecuniam accepisse si vult audiri compellendum esse ad probationes praestandas, quod pecuniam debitam accepit. cf. l. 9 C. de exc. 8, 36. l. 19. C. h. t. (Diocl. et Max.): exceptionem dilatoriam opponi quidem initio probari vero, postquam actor monstraverit, quod asseverat oportet. cf. l. 24. C. ad leg. Corn. de falsis 9, 22. l. 19 princ. D. h. t.

Hauptrolle der quellenmässige [1]) Satz spielte: in exceptionibus reum partibus actoris fungi. Wie wesentlich diese Beschränkungen wurden, geht am besten hervor aus der Form, die Thibaut dieser Regel gab, »der Beweis liege ob demjenigen, welcher ohne von rechtlichen Vermuthungen unterstützt zu sein, die Stelle eines Klägers vertritt, also dem Kläger in Rücksicht des Grundes der Klage, dem Beklagten in Rücksicht des Grundes der Exception,« einer Form, in der der Ausdruck »Stelle eines Klägers« wirklich nur noch als pietätvolles Anlehnen an die Quellen erscheint.

Indem man zudem verkannte, dass der römische Exceptionenbegriff den deutschen Einredebegriff durchaus nicht deckte, liess man eine Menge von Fragen offen, in welchen weder vom Grund der Klage, noch von eigentlichen Exceptionen die Rede sein konnte, und verwickelte unsere Lehre in die Irrthümer der Exceptionstheorieen. —

Weit einflussreicher auf die Entwickelung unserer Lehre wurde der zweite Satz: »ei incumbit necessitas probandi, qui dicit, non qui negat,« oder wie seine gewöhnliche Form bald lautete: »affirmanti incumbit probatio non neganti.« Verführt durch den darin liegenden Kern natürlicher Wahrheit und die missverstandene Wendung der römischen Juristen [2]) »per rerum naturam (factum) negantis probatio nulla« verstiegen sich die Anhänger dieser Theorie

---

1) l. 19 pr. d. h. t. in exceptionibus dicendum est reum partibus actoris fungi oportere, ipsumque exceptionem velut intentionem implere; ut puta si pacti conventi exceptione utatur, docere debet pactum conventum factum esse. l. 25 cit. § 2. vv. secundum generalem regulam quae eos qui opponendas esse exceptiones affirmant, vel solvisse debita contendunt haec ostendere exigit cf. l. 1. D. de exception. 44, 1. agere etiam is videtur qui exceptione utitur; nam reus in exceptione actor est.

2) l. 23. C. h. t. — l. 10 C. 4, 30 de n. num. p.

zu der unsinnigen und quellenwidrigen Behauptung, dass
es unmöglich sei, negative Behauptungen zu erweisen.

Unsinnig: denn abgesehen davon, dass ein Jeder sich
leicht eine Menge von beweisbaren negativen Behauptungen
wird vorstellen können, vergass man dabei, dass es im
Processe überhaupt nicht auf einen mathematischen, sondern
nur auf den juristisch genügenden Beweis ankommt, dass
der Gegenbeweis nothwendig häufig der Beweis einer
Negative ist, dass endlich vor allem nicht einzusehen ist,
warum nicht die Eidesdelation hier so gut wie bei affirma-
tiven Behauptungen Platz greifen könne.

Quellenwidrig: dafür führe ich nur folgende Gesetze
an: l. 25. pr. D. h. t. cum de indebito quaeritur quis probare debet non fuisse debitum. l. 15 D. eod. — Modestinus
respondit cautione exsoluti fideicommissi statum ejus, qui
probari potest a fratribus defuncti, filius mortui non esse
minime confirmatum esse; sed hoc ipsum a fratribus probari debet. cf. l. 5 § 1. D. h. t. l. 10. D. de V. O. 45, 1.
l. 5 C. de inj. 9, 35, sodann l. 5 C. de cod. 6, 36 — asseverationi tuae mentis eum compotem fuisse negantis fidem
adesse probari convenit. cf. l. 13 c. de n. n. p. 4, 30. Würden
schon diese Stellen für das römische Recht genügen, um
die von den Gegnern angezogenen ll. 23 u. 10, wenn diese
wirklich den behaupteten Satz enthielten, zu entkräften,
so ist es doch auch offenbar willkührlich »Agerii probatio
non est« mit »Agerius kann nicht beweisen« zu übersetzen,
und sagen jene Stellen nichts, als wenn eine Behauptung
von dem Einen aufgestellt, von dem Anderen nicht zuge-
geben (nicht gleichfalls aufgestellt) wird, so ist es Sache
des Ersteren, sie zu beweisen — auch, können wir hinzu-
setzen, wenn sie eine Negation enthalten sollte. Schlimm
war es nun, dass das kanonische Recht diese falsche schon
von manchen Glossatoren aufgestellte Ansicht zu legalisiren
schien, ein Umstand, der Böhmer ¹) zu dem Ausspruche

---

1) I. E. P. II. 19, 6.

trieb: »nec quae ab omni ratione aliena sunt praescribere potest, quid enim, si negaret bis duo esse quatuor, an insaniendum cum jure canonico?«

Aber schon Weber [1]) hat scharfsinnig nachgewiesen, dass jene Stellen, von denen keine einzige die Beweislast ex professo behandelt [2]) und die mit manchen Entscheidungen auch des canonischen Rechts in Widerspruch stehen, fast nur Enunciationen des Papstes zur Begründung anderer Entscheidungen sind und auf jeden Fall nur sagen, der direkte Beweis einer Verneinung sei nicht ausführbar.

Und wie daraus, dass ich meine Behauptung nicht beweisen kann, noch lange nicht folgt, dass nun den Gegner in Betreff derselben eine Beweislast trifft, so enthalten denn auch die angezogenen Quellen in keinem Worte eine solche Consequenz angedeutet. Ausserdem hat man die betreffenden Bestimmungen gerade in den Verhältnissen, wofür sie gegeben wurden (Versagung des Gegenbeweises) niemals in Anwendung gebracht.

Auch hier griff man denn, um das Princip zu retten und, wie man glaubte, mit den Quellen in Einklang zu bleiben, zu allerlei Beschränkungen. Schon die Glossatoren [3]) schieden negativae juris (Bestreitung der Rechtsbeständigkeit einer Handlung) — qualitatis (Bestreitung gewöhn-

---

1) Ueber die Verbindlichkeit zur Beweisführung im Civilprocesse. Halle 1805. 3. Ausgabe von Heffter, Leipzig 1845.

2) Es sind cap. 11. X. h. t. de prob. 2, 19 vv. quoniam contra falsam adsertionem iniqui judicis innocens litigator quandoque non potest veram obligationem probare, cum negantis factum per rerum naturam nulla est directa probatio, ne falsitas veritati praejudicet, aut iniquitas praevaleat aequitati statuimus etc. cap. XII. eod. cap. 23. X. de elect. 1, 6. cap. I in VI⁰. de confessis 2, 9. cap. 3. X. de caus. poss. 2, 12.

3) glossa zu l. 2. D. h. t. und glossa zu cap. 23 de elect. 1, 6.

licher Eigenschaften von Personen und Sachen) — facti definitivi (Leugnen dass zu einer bestimmten Zeit etc. etwas geschehen sei) und negativae praegnantes (Bejahungen in negativer Form) als beweisbar aus, — und als man längst das Willkürliche solcher Unterscheidungen eingesehen hatte, operirten die Anhänger dieser Lehre noch mit Allgemeinheiten wie »eigentliche und uneigentliche Negationen,« »dem Gedanken, den Worten nach,« »Realverneinung, Formalverneinung,« ohne dass es bis in den Anfang unseres Jahrhunderts gelungen wäre, ein bestimmtes Kriterium dieser Gegensätze zu entdecken.

Weit geringer war die Anzahl derjenigen Gelehrten, die sich auf die Präsumtionen warfen und die Aussprüche der Quellen dahin missdeuteten, dass sie überall die Beweislast als Folge einer für das Gegentheil stattfindenden Vermuthung darstellten [1]). Das Naturwidrige der Ansicht, dass in jedem gegebenen Falle eine Vermuthung für oder gegen die Wahrheit einer Behauptung streite [2]), hat denn auch dazu geführt, den Begriff der Präsumtionen für lange Zeit in Misscredit zu bringen und zum Gegenstande oft ziemlich seichter Angriffe zu machen.

---

1) So sagt Specht (Diss. de insufficieutia regulae aff. incumbit prob. Hal. 1787) »asserenti contra praesumtionem incumbit probatio.«

2) Die Menge von Rechtsvermuthungen, die diese Lehre aufstellen musste, führte zu oft lächerlichen Collisionen und gab es viele sehr verschiedene Systeme de collisione praesumtionum.

Viele Sorgen machten z. B. die zwei Präsumtionen quilibet praesumitur bonus und semel malus semper malus u. a.

cf. I. H. Boehmer (Diss. de collisione praesumtionum). [Exercit. ad Pand. tom. IV], wo es z. B. als ein Collisionsfall hingestellt wird, wenn eine Partei sich auf den Grundsatz »mutatio testamenti non praesumitur« beruft, die andere aus dem Umstande, dass die Testamentsurkunde zerschnitten ist, die Willensänderung des Erblassers folgert. Vergl. dagegen Weber loc. cit. p. 85.

Dass eine solche Theorie überhaupt Anhänger finden konnte, erklärt sich wohl nur daraus, dass sie eine Reihe von Schwierigkeiten, die den beiden oben besprochenen Lehren durch einzelne Quellenentscheidungen gemacht wurden, wenigstens äusserlich leicht beseitigte. Behauptete z. B. der Kläger: ich habe Verklagtem 50 gezahlt, war sie aber demselben nicht schuldig, so mussten die Verfechter des Satzes »affirmanti non neganti incumbit probatio« dem Verklagten den Beweis der Schuld auflegen, die Anhänger des Satzes »actori semper incumbit probatio« dagegen den Kläger auch dann die Nichtschuld beweisen lassen, wenn der Verklagte überhaupt die erfolgte Zahlung leugnete und diese durch den Kläger dargethan war. So treten beide in Widerspruch mit der l. 25 D. de prob., während die Vertheidiger der Präsumtionentheorie einfach zwei Vermuthungen statuirten, die eine dahin gehend: »Es wird von Niemand vermuthet, dass er zahlt, ohne schuldig zu sein« oder »aus freiwilliger Zahlung folgt Vermuthung der Schuld,« die andere ähnlich der strafrechtlichen »semel malus semper malus in odem delicti genere« aus dem einem als unberechtigt erwiesenen Leugnen auch den Ungrund der weiteren Bestreitung folgernd.

Bei diesem Stande der Dinge verzichteten denn viele Gelehrten auf die Aufstellung eines einheitlichen Principes und gaben statt dessen mehrere Regeln neben einander, indem sie durch die principienlose Besprechung und Entscheidung einzelner schwieriger Fragen dem Praktiker Genüge zu thun suchten. So entstanden oder spitzten sich doch zu eine Menge von Controversen [1]), die sich seitdem durch alle Behandlungen unseres Gegenstandes durchziehen und meist mehr Raum, wenn auch nicht immer mehr Ge-

---

1) z. B. über die Beweislast bei der Negatorienklage, der lex Anastasiana, den Privationsklagen, der Gültigkeit, Handlungsfähigkeit, Irrthum, dolus, culpa etc.

wicht beanspruchen, wie die Erörterung der Hauptfragen selbst.

Der Erste, der in diesen Wirrwarr einiges Licht brachte und durch seine bestechende Darstellungsweise und die wenigstens äusserlich erschöpfende Behandlung für eine ganze Reihe späterer Arbeiten massgebend blieb, war Adolf Dietrich Weber, Professor zu Rostock, in seinem bereits erwähnten Werke über die Verpflichtung zur Beweisführung im Civilprocesse [1]).

Die Verdienste dieses Gelehrten sind zunächst negativer Natur. Er warf in glänzender und sarkastischer Erörterung die alte Präsumtionstheorie in ihrer nackten Gestaltung für immer über den Haufen, er zeigte, dass Negationen nicht nur möglicher Weise, sondern sehr oft nothwendiger Weise zu beweisen sind und entwickelte, dass in der Regel »actori incumbit probatio« nur das auf jeden Fall ausgesprochen sei, dass der Beweis des Klägers naturgemäss der principale sei, indem von einem Beweise des Beklagten nicht eher die Rede sein könne, als bis die Aufstellungen des Klägers im Bestreitungsfalle erwiesen seien. Er selbst stellt dann die Regel auf: »wer ein Recht oder eine Befreiung von Rechten oder Anmassungen Anderer ganz oder zum Theil mit Erfolg vor Gericht geltend zu machen sucht, ist schuldig, die noch ungewissen Thatsachen, deren Wahrheit das Recht oder die Befreiung als nothwendig voraussetzt, zu beweisen,« indem er Befreiung von Rechten näher bestimmt auf den Fall, wo gegenüber schon begründeten Rechten eines Anderen, oder »solchen, die sich doch begründen liessen,« besonderer Ursachen ihrer Aufhebung, Unwirksamkeit oder Einschränkung behauptet werden. Ausnahmen von dieser Regel finden nach ihm nur statt auf Grund (seltener) praesumtiones juris, eines jus singulare oder zur Strafe des Beklagten (wegen dolosen Leugnens). Er erprobt seine Regel dann an den

---

1) 3. Ausgabe Berlin 1845 durch Heffter.

vorgefundenen Controversen und indem er — um dieselbe zu halten — dabei zu der Aufstellung kommt: »Nur das für das specielle Recht Wesentliche und als Regel geltende, nicht allgemeine Bedingungen aller Rechte und Verbindlichkeiten, Abwesenheit der Hindernisse der Gültigkeit resp. Wirksamkeit ist zu beweisen« — und dabei die Annahme etwaiger Präsumtionen für deren Vorhandensein oder Nichtvorhandensein zurückweist — beruft er sich zwar für einzelne daraus sich ergebende Consequenzen auf Gesetzesstellen, stellt aber doch damit eine zweite, seine Hauptregel durchbrechende principiell nicht begründete Regel auf und lässt somit auch seinerseits eine einheitliche Lösung unserer Frage vermissen.

Weber's Werk lenkte die Aufmerksamkeit der juristischen Welt wieder in erhöhtem Maasse auf unser Thema, wie das fast gleichzeitige Erscheinen mehrerer neuen Werke und neuer Auflagen von älteren einschlägigen Arbeiten zur Genüge darthut. —

Ich hebe hervor die Schrift »über die Beweislast im Civilprocesse« von Nepomuk Borst [1]). Dieser gibt zunächst eine, wie er meint, von der Weber'schen sich nur durch redaktionelle Verbesserungen unterscheidende Regel, in die er aber den zweifelhaften Begriff der Exceptionen einführt. Ueberhaupt macht sein Werk, in welchem vielfach die Resultate der Weber'schen Arbeit acceptirt werden, der letzteren gegenüber zuweilen einen etwas verschwommenen Eindruck [2]). Hervorzuheben ist hier wegen häufiger Wiederholung in späteren Schriften der Einwand gegen

---

1) Mit einer Vorrede von Anselm Ritter von Feuerbach 2. Aufl. Leipz. 1824. Das 1805 in 2. Aufl. erschienene Werk von Tevenar »Theorie der Beweise im Civilprocesse« (pag. 31 ff.) enthält nichts für unsern Zweck von Bedeutung.

2) Günstiger urtheilt Burkhardt »die civilistischen Präsumtionen« (Weimar 1866) pag. 54.

die Aufnahme von Vermuthungen in unserer Lehre: diese befreiten ja gar nicht von der Beweislast, da ja die Thatsache, von welcher aus vermuthet werde, zu beweisen sei; ein Einwand, der nur denjenigen treffen würde, der letztere Behauptung in Abrede zu stellen geneigt wäre. Nicht von der Beweislast überhaupt, sondern von der Last, das zu beweisen, was präsumirt wird, befreit eine praesumtio juris [1]). Interessant ist es übrigens, wie B o r s t [2]) sich mit den »allgemeinen Voraussetzungen aller Rechte« abzufinden sucht; er operirt dabei mit dem Begriffe der Anerkennung, indem er z. B. in der Anstellung der Klage, im Schliessen eines Vertrages die Anerkennung der Processfähigkeit resp. der Handlungs- und Vertragsfähigkeit des Gegners sieht etc., ohne damit auszureichen, noch sich, wie mir scheint, ziemlich kühner Präsumtionen enthalten zu können. — In der Entscheidung der Controversen weicht er im Einzelnen (z. B. bei der lex Anastasiana) von W e b e r ab.

Es würde zu weit führen, wollte ich hier alle über unsern Gegenstand erschienenen grösseren Schriften und zerstreuten Abhandlungen, die sich meist weniger mit der Klarstellung des Principes, als der Entscheidung einzelner Controversen beschäftigen, des Weiteren erwähnen.

Von wesentlicher Bedeutung ist erst wieder der Aufsatz von B e t h m a n n - H o l l w e g in seinen Versuchen [3]) »über die Beweislast,« der schon dadurch, dass dieser Gelehrte sich gänzlich von den Aufstellungen seiner Vorgänger

---

1) Vergl. übrigens über die Frage, ob die praesumtiones die Beweislast oder den Beweis direkt influiren, die Aufstellungen bei W. E n d e m a n n »Beweislehre des Civilprocesses« (Heidelberg 1860/61) [namentlich pag. 86 ff. pag. 90 oben], die von B u r k h a r d t in dem in der vorigen Note citirten Werke wohl nur theilweise erschüttert worden sind.

2) a. a. O. pag. 60 ff.

3) Berlin und Stettin 1827.

emancipirt und auf neuen Wegen dem Kernpunkte der Frage näher zu kommen sucht, eine eingehendere Besprechung erheischt.

Sein Gedankengang ist etwa folgender: »Das allgemeinste natürliche Princip der Beweislast, das sich uns bei einer Betrachtung des täglichen Lebens zeigt, ist die Regel: Beweisen muss, wer behauptet, bejaht, nicht wer leugnet. Wer nun vor Gericht das Dasein eines Rechtes behauptet, der affirmirt und muss beweisen. Ein Recht aber als eine ideale Thatsache lässt sich nicht direkt beweisen, sondern nur durch den Beweis derjenigen realen Thatsachen, die einen Schluss auf seine Existenz gestatten. Solche Thatsachen sind aber nicht etwa die Thatsachen seiner Ausübung, die ja eben sowohl unrechtmässig wie Ausdruck des Rechts sein kann, sondern nur die Thatsachen seiner Entstehung. Die jetzige Existenz des Rechtes wird dann, da die Fortdauer des einmal entstandenen Rechtes im Allgemeinen nur eine natürliche unsichtbare, nicht beweisbare Folge seiner Entstehung ist, präsumirt [1]).

---

1) Er beruft sich für diese Behauptung auf folgende der Wichtigkeit dieses Satzes halber vollständig von mir wiederzugebende Stellen. l. 12 C. h. t. (Diocl. et Max.) Cum res non instrumentis gerantur, sed in haec rei gestae testimonium conferatur, factam emtionem et in vacuam possessionem inductum patrem tuum pretiumque numeratum, quibus potes jure proditis probationibus docere debes.

l. 23 D. h. t. ante omnia probandum est, quod inter agentem et debitorem convenit, ut pignori hypothecaeve sit; sed etsi hoc probet actor, illud quoque implere debet, rem pertinere ad debitorem eo tempore, quo convenit de pignore, aut cujus voluntate hypotheca data sit. l. 1 C. h. t. (Severus et Antoninus) ut creditor, qui pecuniam petit numeratam, implere cogitur, ita rursum debitor, qui solutam affirmat, ejus rei probationem praestare debet.

Nov. 90 c. 6. si vero servilis conditionis esse dicatur, qui testimonium dicere voluerit, is vero se liberum esse affirmet, si in-

Wer nun aber die Entstehung eines Rechts nachweisen will, der braucht nur die »eigenthümlichen, unmittelbaren, wesentlichen Bedingungen dieses Rechts« darzuthun, um den Richter von der Thatsache der Entstehung zu überzeugen. Ueber andere Umstände, die etwa seine Entstehung hindern konnten [1]), muss der Gegner den

---

genuum se profiteatur, dicat quidem testimonium, de statu vero quaestio exceptionibus servetur, ut, si servilis conditionis esse appareat, testimonium ejus pro nullo habeatur: quod si libertum se dicat (wodurch die conditio servilis für die Vergangenheit zugestanden ist) instrumentum prius ostendere cogatur, in quo libertatem consecutus est, atque ita testimonium dicat.

Ich füge hinzu: l. 16 C. h. t. (Diocl. et Max.) sive possidetis praedia, quae a patre communi sibi fratres emancipati donata contendentes vindicant, ipsis incumbit facti probationis necessitas, sive ipsis ea praedia, quasi a patre vestro sibi donata, tenentibus vos heredes constituti patris petitis, ut intentionem vestram non constitisse detegant, unde domini facti sunt, immergente quaestione docere compelluntur. Ferner die unten näher zu besprechende l. 12 D. h. t. l. 22 D. h. t., eum qui voluntatem mutatam dicit, probare hoc debere — l. 25 § 2 h. t. sin autem — queritur — quod ab initio quidem debitum fuit, sed — dissoluto debito postea ignarus iterum solvit — ipsum omni modo hoc ostendere — — secundum generalem regulam, quae eos, qui solvisse debita contendunt, haec ostendere exigit und besonders l. 10 C. de pignor. act. 4, 24. (Diocl. et Max.) nec creditores nec qui his successerunt adversus debitores pignori quondam res nexas petentes redita jure debita quantitate, vel his non accipientibus oblata et consignata et deposita, longi temporis praescriptione muniri possunt.

Unde intelligis, quod si originem rei probare potes, adversario tenente vindicare dominium debes.

Ut autem creditor pignoris defensione se tueri possit extorquetur ei necessitas probandi debiti vel si tu teneas, per vindicationem pignoris hoc idem inducitur et tibi non erit difficilis vel solutione vel oblatione atque solemni depositione pignoris liberatio.

1) Als solche führt er unter anderen auf: Unmündigkeit, Wahnsinn, mangelndes commercium einer res.

Beweis führen. Denn jenes, meint Bethmann-Hollweg, sind die Thatsachen, »welche die Entstehung des Rechtes seinem Begriffe nach, also auch in der Regel (Regel ist das, was unmittelbar aus dem Begriffe eines Rechtes oder Rechtsgeschäftes sich ableiten lässt), zur Folge haben, diese dagegen zu beweisende Ausnahmen« [1]).

In dieser Auseinandersetzung des berühmten Gelehrten scheint mir nun Alles consequent und annehmbar — bis auf die Aufstellung der »wesentlichen und unmittelbaren Bedingungen« und »der Regel und Ausnahme«. Diese aber muss ich mit Entschiedenheit verwerfen.

Ich kann es nicht unbewiesen hinnehmen, dass z. B. Rechts- und Handlungsfähigkeit immer und naturgemäss in ihrer Negative zu betrachten seien und dann ohne Weiteres, wie der übliche Ausdruck lautet, als »rechtshindernd« gelten müssten, oder gar, wie Reinhold in seinen ziemlich weitschweifigen Aufsätzen [2]) thut, mit rechtsvernichtenden Thatsachen zusammengeworfen werden. Ich finde es durchaus nicht selbstverständlich, dass es heissen muss, »wenn A dem acceptirenden B 100 verspricht, so wird A dem B auf 100 verpflichtet, ausser wenn A und B nicht vertragsfähig sind« und nicht vielmehr »wenn der vertragsfähige A dem vertragsfähigem acceptirenden B 100 verspricht, so wird A dem B auf 100 verpflichtet« — dass es heissen muss »die gegenseitige Erklärung zu geben und zu nehmen, begründet eine Obligation, ausser wenn der Erklärung kein Wille zu Grunde lag« und nicht vielmehr »die gegenseitige Willenserklärung begründet eine Obligation«.

Oder sollte Römer Recht haben, wenn er meint [3]),

---

1) Im Einz.: Beklagter beweist Unmündigkeit, Wahnsinn, Bedingung, erwerbshindernde Eigenschaft einer Sache; Erbe das Platzgreifen der lex falcidia, Schuldner der lex Anastasiana.

2) Linde's Zeitschrift für Civilr. u. Process. N. F. XIII. Heft 1 u. 2. 1856.

3) Beweislast hinsichtlich des Irrthums Stuttgart 1852 p. 17.

»das Nichtsein der Willensunfähigkeit« — was auch wohl
gerade so gut »das Dasein der Willensfähigkeit« lautet —
»gehöre nicht zum Begriffe eines Rechtes, das heisst zu
dessen wesentlichen Bedingüngen« und [1]) zum Begriffe
eines Rechtsgeschäftes gehöre wesentlich »eine Willenserklärung, nicht auch Uebereinstimmung derselben mit dem
Willen?«[2])

Doch hierauf werde ich weiter unten noch mehrfach zurückzugreifen haben. Die gerügte Eintheilung
zeigte sich geschmeidig, manche Controversen schienen sich
mit ihrer Hülfe für immer begraben zu lassen und so blieb
denn die Arbeit Bethmann-Hollweg's lange Zeit eine
kaum in Einzelheiten verlassene Grundlage für unsere
Lehre. Die Gelehrten beschränkten sich wieder auf die
Behandlung einzelner schwieriger Anwendungsfragen, die
also nur indirekt. die Erkenntniss des Principes der Regulirung der Beweislast fördern konnte und schlossen sich
dabei vielfach rückhaltlos hinsichtlich der Hauptregel den
Ausführungen Bethmann-Hollweg's an. So gibt z. B.
Römer in der oben genannten Schrift eine fast wörtliche [3])
Wiederholung der Bethmann'schen Grundsätze.

Ex professo behandelt wieder unser Thema Carl Rein-

---

1) a. a. O. p. 46. 47.

2) sic pag. 47. Vergl. dagegen nur l. 1 § 3 D. de pactis 2, 14.
conventionis verbum generale est ad omnia pertinens de quibus ne-
gotii contrahendi transigendique causa consentiunt, qui inter se
agunt; nam sicuti convenire dicuntur, qui ex diversis locis in unum
locum colliguntur et veniunt, ita etqui ex diversis animi motibus
in unum consentiunt, id est in unam sententiam decurrunt. Adeo
autem conventionis nomen generale est ut eleganter dicat Pedius
nullum esse contractum, nullam obligationem, quae non habeat in se
conventionem, sive re sive verbis fiat; nam et stipulatio quae
verbis fit nisi habeat consensum, nulla est. § 4. sed con-
ventionum pleraeque in aliud nomen transeunt, veluti in emtionem,
in locationem, in pignus, vel in stipulationem. [E.]

3) a. a. O. p. 17. ff.

h o l d in den bereits citirten „Beiträgen zur Lehre von den Einreden und zur Lehre von der Beweislast". Dieser theilt
alle juristisch relevanten Thatsachen in rechtserzeugende
und rechtsvernichtende ein und legt dem Kläger den Beweis der ersteren, dem Beklagten dagegen den Beweis der
letztern, die auch die sog. rechtshindernden Thatsachen um-
fassen sollen, auf. Als rechtsvernichtende Thatsachen be-
spricht er dann u. a. Handlungsunfähigkeit, Mangel an Uebereinstimmung von Willen und Erklärung — bei welcher
Gelegenheit er sich über Simulation, Irrthum, Betrug und Be-
drohung ergeht, nicht ohne bei letzteren beiden Begriffen
ihre Eigenschaft als Exceptionsgrundlage mit hineinzu-
ziehen. Eine Betrachtung der genannten Momente von
ihrer positiven Seite stellt er nicht an und die Annahme
von Präsumtionen für die Abwesenheit aller oder einiger
rechtshindernden Thatsachen weist er zurück [1]).

Die Arbeit baut auf der einmal aufgestellten Grundlage mit anerkennenswerther Consequenz weiter: diese selbst
aber bietet weder wesentlich [*]) neue Gesichtspunkte, noch
erscheint sie überzeugend gegründet [2]).

Eine grössere bemerkenswerthe Monographie über
unsern Gegenstand lieferte dann H. Gerber [3]). Indem
dieser als Praktiker Gelegenheit hatte, die ausserordent-
lichen Härten, zu denen eine consequente Anwendung
der herrschenden Regeln führte, zu empfinden, glaubte
er für die dadurch als nothwendig erscheinenden Ausnahmen ein vermittelndes Princip aufsuchen zu müssen.

---

1) Von seinen Einzelerörterungen mag hervorgehoben werden die Ansicht, dass, da der Schuldner die Tilgung der Obligation
zu beweisen habe, dieser aber die Aufhebung derselben durch casus
gleichstehe, der Schuldner auch diesen casus beweisen müsse, während culpa nur als Ausschliessungsgrund des casus für den di-
recten Gegenbeweis des Gläubigers in Betracht komme.

2) Vgl. den Schluss dieser Abtheilung.

3) Beiträge z. Lehre vom Klagegrunde u. der Beweislast. Jena 1858.

Diese interessante Schrift geht übrigens in oft recht feinen
Erörterungen auf eine ganze Reihe zum Theil sehr wesentlicher gemeinrechtlicher Controversen ein, die unserm Thema
ziemlich fern liegen. Selbstverständlich muss ich im Folgenden mich darauf beschränken, den Ideengang derselben
nur so weit klar zu legen, als dies zum Verständniss der
darin gegebenen Beantwortung unserer Frage nothwendig
erscheint.

Des Klägers eigener Vortheil — so ungefähr be-
ginnt Gerber — hängt davon ab, dass der Richter die
Thatsachen, aus denen sein Recht und dessen Störung
hervorging, erfahre. Der Richter sucht daher die Quellen
seiner Ueberzeugung zunächst beim Kläger, und der oberste
Grundsatz lautet demgemäss: „actor probare debet quod
intendit", wobei mit „quod intendit" der Klagegrund bezeichnet sei. Alle Thatsachen nun, von denen Existenz,
Veränderung oder Aufhebung eines Rechtes abhängen können, zerfallen in zwei Hauptabtheilungen, nämlich solche,
welche die Entstehung von Rechten zu fördern und solche,
welche sie zu hindern resp. die schon entstandenen Rechte
zu vernichten geeignet sind — also in Thatsachen von
positiver und negativer Wirkungskraft. — Damit kehrt
denn die bedenklich allgemeine Eintheilung zu beurtheilen-
den Materials in positives und negatives einmal wieder. Dass
die Eigenschaft einer Thatsache als positiv oder negativ wirkenden Momentes sich ganz nach der concreten Auffassung
eines bestimmten Falles richtet, zeigt meines Ermessens
u. a. deutlich die Novation, die gleichzeitig diese ent-
gegengesetzten Wirkungen am selben Rechtsstoff ausübt,
bei der also die gegebene Unterscheidung nicht ausreichen
würde. „Solcher Thatsachen nun — fährt Gerber ungefähr
fort — gibt es unzählige, doch genügt eine einzige zur
Hervorbringung einer positiven resp. negativen Wirkung.
Mithin kann zum Beweise eines Rechtes in Betreff der
positiv wirkenden Thatsachen zwar der Nachweis einer ein-

zigen genügen, bezüglich der negativen aber muss bewiesen werden, dass keine einzige denkbare Einwirkung dieser Art stattfand. Mit einer solchen Forderung würde aber die Möglichkeit einer gerichtlichen Rechtsverfolgung aufhören und in der That fordert denn auch das Recht diesen Beweis nicht. Zur Beseitigung der sich hier findenden Collision genügten nun nach Gerber nicht die in Theorie und Praxis immer wieder auftauchenden Vermuthungen, dass erstens besondere Hindernisse der Rechtsentstehung nicht vorhanden seien, und zweitens das einmal entstandene Recht als fortdauernd präsumirt werde, denn namentlich letztere Präsumtion sei unnatürlich und nicht gesetzlich begründet. Es müsse also hier ein anderes Princip dem oben aufgestellten Hauptsatze gegenüber vermittelnd eingreifen, und ein solches gebe uns an die Hand die l. 12 D. h. t. (Celsus libro XVII Dig.): quingenta testamento tibi legata sunt, idem scriptum est in codicillis postea scriptis: refert duplicare legatum voluerit an repetere et oblitus se in testamento legasse, id fecerit; ab utro ergo probatio ejus rei exigenda est? prima fronte aequius videtur, ut petitor probet, quod intendit, sed (nimirum) probationes quaedam a reo exiguntur; nam si creditum petam, ille respondeat, solutam esse pecuniam, ipse hoc probare cogendus est et hic igitur cum petitor duas scripturas ostendit, heres posteriorem inanem esse, ipse heres id approbare judici debet. Hier gebe der Jurist deutlich zu verstehen, dass die beiden thatsächlichen Behauptungen: solutam esse pecunium und scripturam posteriorem inanem esse in Bezug auf die Beweislast einem einheitlichen Principe unterständen und also einer Hauptgattung angehören müssten.

Das sei nun die Gattung der „negativ auf das Rechtsverhältniss einwirkenden Thatsachen“, welche wieder in zwei Unterabtheilungen zerfielen, je nachdem sie den Entstehungsprocess sofort paralysiren oder das bereits entstandene Recht wieder vernichten; präsumirt aber werde in der Stelle nicht, denn man müsste dann ja in den so einheitlich behandelten Fällen zwei ganz verschiedene Präsumtionen annehmen, einmal die der Fortdauer eines entstandenen Rechts, dann die der Abwesenheit besonderer Hindernisse.

Das ist nun offenbar ungerecht: warum denn nicht — um die Gerber'sche Terminologie beizubehalten — Präsumtion der Abwesenheit „negativ auf das Rechtsverhältniss einwirkender Thatsachen", einer Kategorie, die er ja selbst in gleichem Athemzuge als Hauptgattung eingeführt und gerade als in unserer Stelle von dem Juristen klar angedeutete entdeckt hat. Der Angriff auf die Präsumtionen ist also entschieden verfehlt: ja er zeigt gerade mit welch zweischneidiger Wirkung diese lex, auf die Gerber seine ganze Eintheilung baut, begabt wird, wenn man ihren Beispielen eine andere Bedeutung beilegt, als dass eben das eine den Fall behandelt, von welchem die ganze Stelle ausgeht, das andere darauf hinweist, dass es nichts Exorbitantes sei, hier dem Beklagten den Beweis aufzubürden, wie dieses ja beispielsweise in den häufigen Fällen der behaupteten Schuldtilgung stattfindet. Unser Verfasser nun findet, um zu seiner Erörterung zurückzukehren, es sei nach der citirten lex „aequius" den Beweis solcher Thatsachen dem Beklagten aufzubürden. Die Sache gestalte sich also im Processe so: Kläger und Beklagter gehen in die Vergangenheit zurück und suchen die für ihre Seite förderlichen Momente auf, die den Richter, sobald sie den erforderlichen Grad von Stärke und Vollkommenheit haben, beeinflussen. Diesen Grad „nimmt aber das Recht[1] z. B. zu Gunsten des voranschreitenden Klägers schon dann an", wenn die von ihm reproducirten Faktoren an und für sich die Fähigkeit besitzen, die Entstehung des in Frage gestellten Rechtes zu bewirken.

---

1) a. a. O. p. 22.

„Diese Anerkennung ist frei von aller Vermuthung." Sobald nun auf der einen Seite ein als wirksam anerkannter Faktor in die Linie gestellt worden ist, sieht sich der Gegner genöthigt, diesen mit einem Gegenfaktor zu bekämpfen. Dem Richter steht dabei nur eine einzige generelle Fiktion zur Seite, dass nemlich alle nicht reproducirten Faktoren nicht vorhanden sind.

Indem der Verfasser das, was Kläger demnach zu beweisen hat, „processualischen Klagegrund" nennt, der vom materiellen verschieden sei, sucht er „Spuren" seiner Auffassung schon in den Quellen nachzuweisen, m. E. nach nicht mit Glück. — Der folgende (grösste) Theil seines Werkes enthält dann interessante, wenn auch wohl nicht durchweg mit richtigen Resultaten schliessende Untersuchungen über die „Nichterfüllung contraktlicher Obligationen und ihre Folgen." Er stellt es dabei als einen von den Quellen namentlich durch die Behandlung der exceptio non impleti contractus gebilligten Satz auf, dass der Schuldner immer sein obligationsgemässes Verhalten nachzuweisen habe [1]), und theilt die Folgen der Nichterfüllung ein in gesetzliche (an mora, culpa, dolus geknüpfte) und vertragsmässige (wohin er die Begriffe: Conventionalstrafe, lex commissoria, clausula cassatoria und die sog. Privationsklagen stellt) und gelangt hinsichtlich ihrer Geltendmachung dahin: „Nichterfüllung ist keineswegs Bestandtheil des Klagegrundes, braucht also auch hier nicht vom Kläger, der nur auf eine substituirte secundäre, juristisch mit der Hauptleistung identische Ersatzleistung klagt, bewiesen zu werden." —

Die verdiente Anerkennung, die Gerber's Schrift fand, zeigt sich auch besonders in der Berücksichtigung, welche

---

1) Liegt darin und nicht in der präsumirten Fortdauer eines entstandenen Rechtes der Grund dieser Vertheilung der Beweislast, so würde die oben erwähnte Erörterung Reinhold's über culpa und casus natürlich in der Luft schweben.

derselben in der 1861 erschienenen hieher gehörigen Schrift von **Maxen** [1]) zu Theil wurde. Auch dieser acceptirt die Eintheilung aller Thatsachen in rechtserzeugende, rechtshindernde und rechtsvernichtende. Zur Begründung, dass der Kläger nur den sog. processualischen Klagegrund zu beweisen habe — einer Aufstellung, für die sich nun einmal in den Quellen kein congruenter Ausdruck findet, setzt er wie schon kürzer **Gerber** u. A. gethan, auseinander: Kläger müsse eigentlich ein Dreifaches beweisen, nämlich: 1) dass sämmtliche das fragliche Recht erzeugenden Thatsachen vorhanden sind; 2) dass keine rechtshindernden Thatsachen vorhanden waren und 3) dass das entstandene Recht durch keine Thatsache wieder vernichtet worden ist [2]). Der Beweis der unter 2) und 3) aufgestellten Behauptungen gehöre aber vielfach zu den Unmöglichkeiten: „Es ist daher nicht mehr als billig, wenn das Recht hier erleichtert", und das sei denn geschehen in der bekannten Weise. Praesumtiones juris lägen also überall nicht vor, „sondern alles beruht auf generellen Beweisregeln." —

Mir scheint doch bezüglich der letzteren Behauptung ein Zweifel gestattet: wenn ich erst alle Thatsachen, die der Kläger nach speciellen gesetzlichen Vorschriften und meinem Rechtsgefühle zu beweisen hat, zusammenfasse als rechtserzeugende, dann die übrigen Gegensatzes halber rechtshindernde nenne, und um dem Geständnisse zu entgehen, dass doch eigentlich auch ein guter Theil von ihnen rechtserzeugend ist und zum Klagegrund gehört, eine Eintheilung mache in processualischen und materiellen Klagegrund, so ist wohl der Satz: „Kläger muss den processualischen Klagegrund beweisen" kaum ein Res ultat

---

1) **Maxen** über Beweislast. Einreden und Exceptionen (Göttingen 1861).

2) Unter die genannten Bezeichnungen werden die „allgemeinen und speciellen Erfordernisse" in bekannter Weise untergebracht.

dieser Erörterungen zu nennen und als generelle Regel hinzustellen, sondern er ist eine natürliche und beabsichtigte Folge meiner eigenen Construktion. — Auch hier folgen nun Einzelerörterungen, die jedoch vielfach wohl auch denjenigen, die auf derselben Grundlage mit dem Verfasser stehen, Bedenken einflössen müssen. Namentlich scheinen mir die Bemerkungen über Willenserklärung sehr einseitig zu sein. Es mag gewiss richtig sein, was der Verfasser mehrfach besonders betont [1]), dass die Erklärung nicht blos den Zweck hat ein Kennzeichen des Willens zu sein; aber andererseits, meine ich, ist wohl zu beachten, dass sie doch auch diesen Zweck hat, und dass der Wille wenigstens ebenso sehr zur juristischen Wirkung einer Erklärung beiträgt, wie die blossen Laute, die den betreffenden Willen versinnlichen. Besonders ausführlich wendet sich Maxen der Betrachtung der Beweislast bei Klagen aus Obligationen auf ein Unterlassen zu [2]).

Ich kann diesen Ueberblick nicht schliessen, ohne noch etwas näher auf ein seinem eigentlichem Zwecke nach allerdings nicht hierher gehöriges neueres Werk eingegangen zu sein; ich meine „die civilistischen Präsumtionen" von Dr. Hugo Burckhard [3]). Denn einentheils geht der Verfasser doch in ziemlich ausführlicher Weise auch direkt auf unsern Gegenstand ein, andererseits vermag ich dadurch den Begriff der Präsumtionen, der nach meiner Ansicht immerhin für die Begränzung der Beweislastregeln von nicht zu unterschätzender Bedeutung ist, zu erledigen.

Burckhard beschäftigt sich zunächst mit der Bedeutung, die das Wort „praesumtio" in der eigentlichen

---

1) Vgl. z. B. a. a. O. p. 127.

2) Nach Gerber (in dem eben besprochenen Werke) enthalten sie alle ein verstecktes Thun.

3) Weimar 1866.

sedes materiae unserer Lehre hat und gelangt dabei zu
dem Resultate [1]), dass praesumtio als technischer Begriff
der probatio gegenüber gestellt, eine Aenderung des Be-
weisthemas involvire, ein Surrogat sei des Beweises, indem
sie an Stelle der eigentlich zu beweisenden Thatsache den
Beweis einer anderen setze, den Beweis der eigentlich zu
beweisenden Thatsache vertrete. Alsdann aber unter-
wirft er sämmtliche Quellenstellen, die den Ausdruck
„praesumere" enthalten, einer näheren Prüfung, deren Er-
gebniss ist, dass „praesumere" in allgemeinster Bedeutung
nichts besagt, als „Glauben ohne Beweis". Es fragt sich
nun, ob diese allgemeine Präsumtion einen Einfluss hat
im Processe, sei es auf die Urtheilsfällung — dies wird
richtig verneint — sei es auf die Bestimmung der Beweislast, und zur Erledigung dieser Frage wird nun [2]) auf den
Begriff der „Beweislast" eingegangen. Der Standpunkt
des Verfassers scheint mir nun hier nicht mit genügender
Schärfe hervorzutreten. Auch er stellt ohne Beweis die
Behauptung auf, ein Rechtssatz laute nicht: „ein Kauf ist
abgeschlossen, wenn unter handlungsfähigen Personen eine
Uebereinkunft über Waare und Preis stattgefunden hat"
(was übrigens nur eine Definition ist), sondern „Kauf ist
Einigung über Waare und Preis und hat Folgen, wenn
nicht die juristische Bedeutung derselben aus irgend einem
Grunde bestritten ist"; .er acceptirt den Satz, Beklagter
müsse die „verneinenden, ·vernichtenden und excipirenden
Einreden beweisen [3]). Bei der Begründung dieser Ansicht

---

1) Er urgirt dabei den Umstand, dass die Titelrubrik „de
prob. et praesumt." lautet, in auffälliger Weise. Das Wort „praes."
kommt übrigens im Digestentitel nur zweimal vor.

2) a. a. O. p. 133 ff.

3) Das heisst m. E. doch wohl — denn das blosse Leugnen der
Klagthatsachen — diesen passiven Widerstand, der ja eigentlich
überflüssig ist (actore non probante reus absolvitur) und die mehr

aber bekämpft er richtig die Unzulänglichkeit der Eintheilung
aller Thatsachen in rechtserzeugende und rechtsvernichtende
und verwirft auch die seit Bethmann-Hollweg verbrei-
tete Theorie von Regel und Ausnahme. Dann aber stellt er
selbst etwa Folgendes auf: schon beim Beweis der Entstehung eines Rechtes finden wir, dass nur die äusseren
Thatsachen — da ein Begriff nicht Gegenstand eines Beweises sein kann — zu beweisen sind, und dasselbe greift
Platz, wenn die zu beweisenden Thatsachen ideeller Natur
sind — z. B. culpa — d. h. wir können und müssen dann
nöthigenfalls nur die äusseren Thatsachen beweisen, von
denen ein Schluss auf die ideellen gerechtfertigt ist. Ebenso
findet er die Veranlassung zu der Concession, dass bei Behauptung eines Rechtes nur dessen Entstehung erwiesen
zu werden braucht, wenn man seine Erörterungen näher
verfolgt im letzten Grunde nur in der dira necessitas.

Hier greift jedoch nach ihm schon ein anderes Moment
entscheidend durch: es liegt in der Natur eines jeden Rechtes,
dass es eine Lebenskraft in sich trägt, ihm eine ideale von
äusseren Bedingungen unabhängige Fortdauer beschieden
ist; dies ideale Individuum hört, einmal concret geworden,
nie wieder auf, wenn nicht selbstständige Ereignisse sein
Dasein vernichten. Da sich das Recht nun so zu sagen
von selbst erhält, so ist ein besonderer Nachweis seiner
Fortdauer unnöthig [1]).

„So vertheilt sich," fährt Burckhard fort, „schon die
Last des Beweises in billiger resp. nothwendiger Weise:
Beklagter muss die vernichtenden Einreden, die rechts-

---

unter öffentlich rechtlichen Gesichtspunkten stehenden process-
hindernden Einreden darf man hierbei gewiss übersehen, — Beklagter muss alles beweisen, was er behauptet, und das ist min-
destens für die excipirenden Einreden, so pure gesagt, falsch.

1) l. 1. C. h. t. l. 23 D. d. R. v. l. 16 C. h. t. Im Grunde genommen ist das Praesumtion der Fortdauer wegen ihrer Möglichkeit.

vernichtenden Thatsachen beweisen." Und kurz nachher [1] wiederholt er: „der eigentliche Grund, warum Kläger überhaupt nicht den Beweis aller positiven und negativen Erfordernisse der Rechtsentstehung zu beweisen hat, liegt in Billigkeitsrücksichten". Da in einem Rechtsstreite immer nur concrete Rechte zu bestreiten wären, müsse man zunächst auch nur die thatsächlichen Voraussetzungen dieser concreten Rechte beweisen, man könne sagen: „es sind nur die specifischen Entstehungsgründe des behaupteten Rechts zu beweisen" [2]. Allerdings scheint auch mir diese Fassung, deren Schöpfer Unger ist, die von mir bekämpfte Ansicht am präcisesten wieder zu geben, und es ist ja auch einleuchtend, dass die „specifischen Erfordernisse" bewiesen werden müssen, nicht aber ebenso einleuchtend, dass die anderen doch auch in concreto nothwendigen allgemeinen Erfordernisse nicht bewiesen werden müssen. Auch gibt Burkhard selbst zu, dass mit Aufstellung dieser Regel weder das „warum" [3] gelöst ist, noch sich nach derselben alle Fälle richtig entscheiden lassen. Das Princip muss also noch immer gesucht werden und dies findet sich nach ihm in dem Satze [4]: „Alles was äusserlich ohne Mangel existirt, trägt die Berechtigung seiner Existenz in sich, bis ihm diese Existenz und damit die derselben zukommende Wirkung bestritten, bis die Existenz vernichtet wird."

Ich kann jedoch diesem Satze, auch abgesehen von der petitio principii, die sich in dem Zusatze „und damit die derselben zukommende Wirkung" verbirgt, nicht die vom Verfasser gewünschte Bedeutung beilegen; entweder will er sagen: Alles was der natürlichen Auffassung

---

1) a. a. O. p. 153.

2) So auch Unger, System (1. Aufl.) § 123. p. 454.

3) a. a. O. p. 154.

4) a. a. O. p. 156.

als etwas erscheint, wird als dieses etwas so lange betrachtet, bis sich diese Auffassung als falsch erwiesen hat, — das wäre eine zu nichts führende Tautologie, oder „alles, was existirt, wird für mangellos gehalten, bis ein Fehler nachgewiesen" — das ist eine unbewiesene — ich darf wohl sagen — Präsumtion, die mit dem bekanntem Erfahrungssatze von der Unvollkommenheit aller irdischen Dinge wenig harmonirt. Burkhard seinerseits zieht aus diesem gewonnenem Principe die Berechtigung, die etwaigen Annehmer von Präsumtionen mit der Bemerkung abzufertigen „superflua nocent".

Nach dieser Betrachtung der Beweislast kehrt der Verfasser dann zu der Frage zurück, welchen Einfluss Präsumtionen auf diese festgestellten Regeln haben; und zwar verfährt er dabei in folgender Weise, deren Resultate ich durchgängig als richtig anerkenne.

Die Präsumtion im weitestem Sinne hat keinen Einfluss auf die Beweislast, sondern man muss diesen allgemeinen Begriff zerlegen in materielle Präsumtionen (dass etwas als Rechtssatz gelte, nicht dass etwas als wahr angenommen werde) und processualische Präsumtion (dass etwas als wahr angenommen werde, nicht aber als Rechtssatz gelte). Bei ersteren nun kann ein präsumirter Umstand entweder blos Motiv einer materiell rechtlichen Bestimmung sein (legislatorische Vermuthung [1]), oder er ist

---

[1] a. a. O. p. 176. „Das Edict, worin der Prätor den minores XXV annis Hilfe verheisst, ist aufgestellt worden, weil inter omnes constat, fragile esse et infirmum huiusmodi aetatis consilium et multis captionibus suppossitum, multorum insidiis expositum (l. 1 pr. de min. 4. 4); sie stehen bis zur Volljährigkeit unter der Leitung eines Curators und es wird ihnen die eigene Verwaltung ihres Vermögens nicht überlassen, sollte auch ein Minor nachweisen, dass er zur selbstständigen Führung aller Vermögensangelegenheiten vollständig fähig sei. (l. 1. § ult. eod.) — Der

Voraussetzung eines (dem jus dispositivum angehörigen) Rechtssatzes, so dass also nur, wenn in concreto die Voraussetzung zutrifft, der Rechtssatz gilt und Zwecks dieser Feststellung ein Gegenbeweis gegen das Zutreffen der Vermuthung gestattet ist (materiell - rechtliche Präsumtionen i. e. S.).

Diese materiellen Präsumtionen i. e. S. und die processualischen Präsumtionen — deren Zweck lediglich die Erleichterung des Beweises eines Umstandes ist — heissen civilistische Präsumtionen und ihnen ist eine selbstständige Bedeutung gegenüber den Beweislastregeln einzuräumen.

An Stelle der gebräuchlichen Definition: „Präsumtionen sind Schlussfolgerungen von der Existenz einer Thatsache auf die andere" setzt er: „civilistische Präsumtionen sind Rechtssätze des Inhaltes, dass ohne den nach allgemeinen Beweisregeln erforderlichen Beweis ein bestimmter Umstand als bewiesen angenommen werden soll." Seine Polemik beruht hier auf einer Verwechselung von Schlussfolgerung (im Allgem.) und Wahrscheinlichkeitsschluss. Seine Definition beraubt ihn offenbar der nützlichen gegenseitigen Controle von Beweislastregeln und Präsumtion: wo er eine gesetzliche, mit seiner Regel nicht stimmende Entscheidung findet, muss er geneigt sein, ohne auf die Richtigkeit seiner Regel misstrauisch zu werden, eine Präsumtion anzunehmen, wo eine solche Entscheidung mit seiner Regel harmonirt, da will er in starrer Consequenz selbst dann keine

---

Grund, warum der Prätor gegen die nautae, caupones et stabularii ein weitergehendes Rechtsmittel gab, als die aus einem Mieth- oder anderm ähnlichen Vertrage zustehenden, war die cura reprimendae improbitatis hoc genus hominum (l. 3. § 1. nautae, caup. 4. 9. — Aehnlich ist die l. 7. § 1. C. de I. F. 10. 1.), aber der Nachweis des beklagten Gastwirths, dass er ein vollkommen ehrenwerther Mann sei, würde ihn von seiner Haftpflicht nicht befreien". Vergl. noch l. ult. § 1. C. ad S. C. Maced.; nov. 22 c. 35. l. 2 § 2 D. ad S. C. Vellejan. 16. 1. l. 4 § 1 eod.

Präsumtion finden, wenn das Gesetz ausdrücklich statuirte, „es soll vermuthet werden" [1]). Ich würde vorschlagen: „Präsumtionen sind in Form von Rechtssätzen ausgesprochene, nicht nothwendige Schlussfolgerungen von der juristisch gewissen Existenz einer Thatsache auf die Existenz einer anderen Thatsache". B. gibt dann meist einleuchtende Regeln über die Erkenntnisszeichen einer civilistischen Präsumtion, die er dann nach ihrem Gegenstande — mit offenbar nicht correct ausgedrücktem, aber für die Behandlung fruchtbaren Gegensatze — eintheilt in Präsumtionen von Thatsachen (dass etwas geschehen sei, pr. facti) und Willenspräsumtionen (pr. voluntatis [2]), dass etwas gewollt sei).

---

1) a. a. O. p. 195.

2) Beispiele letzterer: 1. 33. § 2. D. de leg. III cum Seius pro uxore centum aureos creditori solverit, et ornamentum pignori positum fuerit, postea autem testamento facto uxori suae legavit, quidquid ad eum inve stipulatum eius concessit et hoc amplius vicenos aureos annuos, quaesitum est an hos centum aureos heredes viri ab uxore vel ab heredibus eius repetant. Respondit, si donationis causa creditori solvisset teneri heredes ex causa fideicommissi, si repetant, atque etiam petentes exceptione summoveri — quod praesumtum esse debet, nisi contrarium ab herede approbetur 1. 1. § 2. D. de dote 41, 9 (Kriegel'sche Ausg.) 1. 7. § ult. D. de jure dot. 23, 3 1. 8 eod. sed nisi hoc evidenter actum fuerit, credendum est hoc agi, ut statim res sponsi fiant, et nisi nuptiae secutae fuerint reddantur 1. 17. D. de R. J. 50, 17. cum tempus in testamento adjicitur, credendum est pro herede adjectum nisi alia mens fuerint testatoris, sicuti in stipulationibus promissoris gratia tempus adjicitur. 1. 3. § 11. D. de adim. vel. transf. leg. 34, 4 non solum autem legata sed et fideicommissa adimi possunt, et quidem nuda voluntate. Unde quaeritur, an etiam inimicitiis interpositis fideicommissum non debeatur. Et si quidem capitales vel gravissimae inimicitiae intercesserint ademptum videri quod relictum est; sin autem levis offensa, manet fideicommissum. Secundum haec et in legato tractamus doli exceptione opposita. 1. 22. eod. cf. 1. 49. § 6. de leg. III 1. 3. D. de auro, argento 34, 2. 1. 24. § 8. de fideic. lib. 40, 5 sed etsi ita scripserit: „ne eum alienes, ne eum vendat,

Die Fragen, ob die Präsumtionen eine Erleichterung der Beweislast oder eine Verschiebung derselben zur Folge haben, ob sie als Beweis gelten oder nicht, sind nach B. nicht richtig gestellt: alle jene Folgen seien schliesslich identisch: gelte doch immerhin die präsumirte Thatsache als bewiesen, und wenn man auch sagen könne „der Gegner muss jetzt mit Beweis vorangehen," so sei dessen Beweis doch immer nur ein Gegenbeweis.

Bei einem Rückblicke auf die besprochene Literatur zeigt sich also, dass trotz des vielen Lehrreichen und Interessanten, was auf diesem Gebiete geleistet worden ist, eine Einigung über ein einheitliches Princip nicht erzielt worden ist.

Hier mögen auch einige Erwägungen Platz finden, die nicht sowohl eine specielle Arbeit, wie überhaupt die Grundlagen der verbreitetsten Theorien betreffen. Zunächst ist mit der Fassung: „Kläger hat den Klaggrund, Beklagter alle Einreden zu beweisen", nichts gewonnen, denn zugestandenermassen braucht der excipirende Be-

---

idem erit dicendum, si modo hoc animo fuerit adscriptum, quod voluerit eum testator ad libertatem perduci — sed cum et praesumtione libertas praestita esse videtur heredis est contrariam voluntatem testatoris probare. 1. 11. § 13. D. de leg. III §§ 12. 21. I. de leg. 2, 20 1. 2. § 1. D. de pact. 2, 14. et ideo si debitori meo reddiderim cautionem videtur inter nos convenisse ne peterem — 1. 3. eod. 1. 4. § 1. D. quib. mod. pign. 20, 6. 1. 24. § 1. D. de adim. 34. 4. cap. 15. X de testam. 3, 26. — Si ab extraneo generaliter verum est quod praesumitur esse relictum intuitu ecclesiae non personae — nisi testator exprimat quod velit illud tantum esse episcopi non ecclesiae. — Si vero relinquatur illud episcopo a proprio, praesumitur esse relictum non intuitu ecclesiae sed personae, nisi forte contrarium probaretur — illud autem est generaliter observandum circa eum qui potest proprium possidere, praelaturam vel administrationem ecclesiae non habentem: quod si aliquid relinquatur specialiter — etiam ab extraneo intelligitur esse relictum non intuitu ecclesiae sed personae, nisi probatio in contrarium appareat.

klagte, wenn er sich auf ein Recht beruft, auch seinerseits nur soviel, wie Kläger von seinem Rechte zu beweisen. Kläger aber muss alles beweisen, ausser — die Einreden. Hier ist also nur die Frage verschoben und noch dazu die Gefahr eines circulus sehr nahe liegend. Ferner hat auch die Eintheilung aller Thatsachen in rechtserzeugende (positiv wirkende) und rechtshindernde und vernichtende (negativ wirkende) schon auf den ersten Blick ihre Bedenken.

Zunächst ist diese Eigenschaft einer Thatsache nichts ihr wesentliches, sondern wird wieder durch den Zweck bestimmt, zu welchem die Thatsache in concreto angeführt wird. Ist man sodann bei der Einreihung der Thatsachen unter diese Kategorien gerecht, so ist der Satz: „Kläger muss die rechtserzeugenden, Beklagter die übrigen Thatsachen beweisen", falsch und die Eintheilung also für unsern Zweck nutzlos: denn die Handlungsfähigkeit eines Vertragsschliessenden, die Uebereinstimmung von Willen und Erklärung sind im concreten Falle rechtserzeugende Faktoren: ihr Beweis aber liegt, darüber herrscht kein Streit, nicht dem Behauptenden ob. Freilich helfen sich hier nun die Anhänger jener Eintheilung durch ein willkürlich nach dem Zwecke, den es leisten soll, gewähltes Kriterium, indem sie im Grunde genommen den Kreislauf machen, dass sie zunächst instinktiv die nicht vom Behauptenden zu beweisenden Thatsachen ausscheiden, dann sie unter den Begriff negativ wirkend bringen, diesen wiederum in „rechtsvernichtend" und „rechtshindernd" zerlegen und nun sagen, „Kläger muss die rechtserzeugenden, Beklagter die rechtshindernden und vernichtenden Thatsachen beweisen". Man könnte es allenfalls hinnehmen, wenn bei den specifischen Erfordernissen eines speciellen Rechtes deren rechtserzeugende Eigenschaft besonders betont würde. Darum aber die übrigen Voraussetzungen des betreffenden Rechtes, die dieses mit andern gemeinsam hat, als rechtshindernd etc. zu bezeichnen,

scheint mir doch eine nicht leicht zu rechtfertigende
Willkür. Will man einmal zu irgend welchem Zwecke
die gerügte Eintheilung festhalten, so scheint mir das einzige Kriterium dieses zu sein: rechtserzeugende Thatsachen
sind alle, die zur Entstehung eines Rechtes nothwendig
vorhanden sein müssen, also auch diejenigen und zwar
gerade κατ' ἐξοχήν diejenigen, die zur Entstehung eines
jeden Rechts vorhanden sein müssen; denn wer eine von
ihnen leugnet — direkt oder dadurch, dass er ihr Gegentheil behauptet — der leugnet eben, dass überhaupt ein
Recht erzeugt worden ist. Von rechtshindernden und vernichtenden Thatsachen aber darf man demnach nur spre-
chen, wenn zu einem fertigen Rechtskörper irgend ein
Umstand entkräftigend hinzutritt, dessen Nichtdasein oder
dessen Gegentheil bei der Entstehung des Rechts indifferent
ist; wenn man will, wenn das erzeugte Recht todtgeboren
oder getödtet worden ist. So ist z. B. die Handlungsfähigkeit zu jeder vertragsmässigen Rechtsentstehung nothwendig wer also einen sie ausschliessenden Umstand behauptet, der behauptet bezüglich des fraglichen Rechtes
keine rechtshindernde Thatsache, sondern er leugnet eine
rechtserzeugende. Wer aber, wenn z. B. alle Erfordernisse
eines Kaufgeschäftes nachgewiesen sind, behauptet, es sei
schliesslich eine Suspensivbedingung hinzugefügt oder ein
pactum de non petendo geschlossen, der stellt freilich eine
rechtshindernde resp. vernichtende Behauptung auf, denn
er sagt nicht, „es fehlte etwas, damit das Recht entstehen
konnte", sondern zu den Erfordernissen, aus denen das be-
treffende Recht entsteht, trat ein negativ wirkender Umstand hinzu.

In der folgenden Abtheilung nun werde ich versuchen,
meine eigene Ansicht über das Princip der Regulirung der
Beweislast zu entwickeln. Wenn ich mich dabei in den
Quellencitaten mehr, wie bisher beschränke, so geschieht
dies sowohl, weil die meisten einschlägigen Gesetze bereits

im Verlaufe dieser Darstellung angeführt wurden, als auch weil sie entweder so allgemeine Aussprüche enthalten, dass man mit gutem Willen einen jeden annähernd richtigen Satz mit ihnen belegen kann, oder aber concrete Entscheidungen ohne Andeutung des leitenden Principes geben. Ein solches aber in der Weise, wie Gerber es bei der besprochenen l. 12 thut, aus möglicher Weise zufälligen Umständen nachträglich hinein zu interpretiren, scheint mir bei der Art und Weise, wie das corpus juris entstanden ist, gefährlich und unangebracht.

III.

Das Princip der Regulirung der Beweislast.

Der Richter muss zur Entscheidung eines Privatrechtsstreites die bestehenden Gesetze auf die Thatsachen, aus welchen sich das rechtlich zu bestimmende Verhältniss zwischen den Parteien aufbaut, anwenden. Er bedarf also zweierlei Kenntnisse: er muss das thatsächliche Material, „den Thatbestand“, aus welchem die Parteirechte sich ableiten, kennen, er muss sodann die bestehenden Gesetze kennen. An sich nun wäre es ja Sache derer, die seine Entscheidung anrufen, dafür zu sorgen, dass ihm dies nöthige Wissen nicht abgehe und läge es also jeder Partei ob, ihn von der Wahrheit und Vollständigkeit ihrer Behauptungen bezüglich der Thatsachen und der Existenz der Rechtsvorschriften zu überzeugen. Zwei tief einschneidende Sätze greifen hier nun gemeinrechtlich vereinfachend ein. Der erste „jura novit curia“ [1]) weist auf die amtliche Pflicht des Richters hin, die Rechte zu kennen. In Bezug ihrer schöpft der Richter seine Ueberzeugung also aus anderen Quellen. Der zweite „quod non est in actis, non est in mundo“ [2]) beschränkt das thatsächliche vom Richter

---

1) cap. 44. X de appell. 2, 28.

2) »nam editis actis quod in eis scriptum non reperitur, omissum esse adeoque nunquam intervenisse intelligitur«. So Gaill obss. pract. lib. I obs. 184 No. 15.

rechtlich zu bestimmende Material auf das Vorbringen der
Parteien. Und auf demselben Principe (der Verhandlungs-
maxime) und der Natur des Civilprocesses als eines Privatrechtsstreites, dessen Object der Disposition der Parteien
unterliegt, beruht es, dass der Richter nichts als wahr annehmen soll, was nicht von beiden Parteien anerkannt
oder aber zur juristischen Wahrheit erhoben ist, das von
beiden Parteien zugestandene aber als wahr trotz etwaiger
gegentheiliger Ueberzeugung [1]) seiner Entscheidung zu
Grunde legen muss.

Indem das Recht durch diese Beschränkungen den
Weg fand, einem jedem Privatrechtsstreite seine mögliche
Erledigung zu sichern, hat es seine Sätze doch nicht bis
zu unsinnigen Consequenzen verfolgt wissen wollen.

So wird abgesehen von andern weniger hierher gehörigen Punkten wohl Niemand behaupten, wenn die Parteien übereinstimmend aussagten, dass Jemand zu gleicher
Zeit in Berlin und New-York gewesen sei, der Richter
müsse diesen Widerspruch zur Grundlage seiner Entscheidung machen [2]).

Und so gibt es andererseits Wahrheiten, die entweder
so allgemein oder dem Richter aus so zuverlässiger Quelle
bekannt oder sonst von so wesentlicher Bedeutung sind [3])
(die sogen. notorischen und diejenigen, deren Bestreitung
eine Rechtsregel verbietet, z. B. die durch ein rechtskräf-

----

1) item debet ferri (sententia) secundum allegata et probata et
non secundum conscientiam. Duranti specul. liber 2. part. III. de
sententia § 5 No. 1.

2) cf. Bethmann-Hollweg Versuche pag. 273. Bayer's
Vorträge p. 709. Schmid Handb. II. S. 2. 118. Langenbeck
Beweisführung S. 141; weiter gehend Oldenburg. Prozess-O. art. 155,
Lippe's Gesetz vom 12. April 1859 § 65; ebenso bei der röm. conf.
in judicio cf. Bethmann-Hollweg Versuche p. 284.

3) Ueber die Frage, ob die Notorietät schon in den röm. R.-
Quellen erwähnt wird (so Langenbeck Beweisführung I. S. 152.

tiges Urtheil festgestellten), dass ihre Bestreitung den Parteien ebenso entzogen ist, wie wenn sie mathematische Sätze in Zweifel ziehen wollten [1]).

Auch abgesehen hiervon braucht nun dem Richter nicht nothwendig die Ueberzeugung von der (juristischen) Wahrheit oder Unrichtigkeit aller vorgebrachten Thatsachen verschafft zu werden, sondern nur diejenigen Behauptungen, die mit Beziehung auf die Forderung des Klägers oder die Gegenaufstellung des Beklagten, also kurz auf den Ausgang des Prozesses als relevant zu bezeichnen sind — und welche das sind, darüber gibt ihm die civilrechtliche Construktion des behaupteten Rechtes Auskunft — unterbreitet der Richter betreffs ihrer Richtigkeit seiner Prüfung [2]).

Die relevanten Behauptungen nun theilen sich, wie schon erwähnt wurde, in solche, die von beiden Parteien zugestanden und solche, die von der einen Partei aufgestellt, von der anderen bestritten werden, und nur die letzteren sind es naturgemäss, die vom Richter zum Beweise zu verstellen sind, und bei denen die Frage von der Vertheilung der Beweislast an ihn herantritt. Aber ehe er hier daran geht, eine leitende Regel zu suchen, nach der er dem Kläger oder Beklagtem oder beiden die sie

---

unter Berufung auf l. 3 § 2. D. test. 22, 5 und Wetzell) und über ihre Abgrenzung von verwandten Begriffen vergl. Renaud Civilprozess § 103 und die zahlreichen Citate daselbst.

1) Wenn Puchta und viele älteren hier noch die sog. praes. juris et de jure als unbestreitbar anführen, so ist zu bemerken, dass eine unwiderlegbare praes. eine contradictio in adjecto enthält und die so bezeichneten Fälle nichts sind, als dem Richter ex officio bekannte Rechtssätze, dass die Prämisse eintretenden Falles rechtlich die sog. präsumirte Folge haben oder denselben rechtlichen Effekt haben soll, wie die »präsumirte« Thatsache.

2) cf. Planck. Die Lehre von dem Beweisurtheile. Göttingen 1848. pag. 172 ff.

treffenden Beweise auflegt, muss er wiederum gewisse Behauptungen ausscheiden, bei denen ihm das Recht ein für alle Mal diese Arbeit der Beweisvertheilung abgenommen hat und das ist eben der Fall bei den Rechtspräsumtionen. Man darf, wie schon erwähnt, dagegen nicht einwenden: die praesumtiones befreien ja gar nicht von der Beweislast, denn wer sich auf sie stützt, muss ja gerade ihre Grundlage, das Dasein ihrer Prämisse nachweisen. Denn bei dieser Aufstellung vergisst man, dass z. B. derjenige, der auf Anerkennung als Sohn klagt und sich dabei unter Anführung der Thatsache, dass er von der Ehefrau des behaupteten Vaters während dieser bestehenden Ehe geboren sei, auf die praesumtio »pater est quem nuptiae de monstrant« stützt, z w e i thatsächliche und an sich zu beweisende Behauptungen aufstellt: einmal, dass er von der betreffenden Ehefrau während bestehender Ehe geboren sei — und diese Behauptung muss er natürlich beweisen, wenn sie überhaupt bestritten wird, sodann aber, dass er vom Ehemann gezeugt sei und d i e s e Behauptung braucht er nicht zu beweisen, denn hier eben stellt das Recht eine praesumtio auf.

Die Gründe, die das Recht zu solchem direktem Eingreifen in die Beweisvertheilung hat, können verschiedene sein.

Wir sahen oben, dass es Behauptungen gibt, deren Beurtheilung so sehr zu jeder Processentscheidung nothwendig ist, dass diese von den Aufstellungen der Parteien ganz unabhängig gestellt ist (die Behauptungen über das jus im obj. Sinne); dass es andere Behauptungen gibt, die zwar der Anführung durch eine der Parteien bedürfen, um berücksichtigt zu werden, deren Wahrheit aber jeder Bezweifelung entzogen ist (die notorischen): bei andern nun ist wenigstens die Wahrscheinlichkeit für oder gegen ihre Richtigkeit so überwiegend, dass es im Interesse schneller Rechtspflege liegt, sie bis zum Beweise des Gegentheiles

als wahr anzunehmen. Bethmann-Hollweg[1] gewinnt
seine Grundregel durch eine Berufung auf das tägliche
Leben, in dem der Bejahende, nicht der Leugnende beweisen müsse. Aber mit gleichem, wenn nicht besserem
Rechte könnte er sagen, dass es doch auch im täglichen
Leben Behauptungen gibt, bei denen die Sache umgekehrt
liegt und der Bestreitende seine Zweifel begründen muss.
Würde z. B. in Gesellschaft ein Streit darüber erhoben,
ob irgend ein Redner eine bestimmte Aeusserung gethan
habe oder nicht, so würde man den Beweis sicher von
denen erwarten, die behaupteten, dass er sie gethan habe.
Handelt es sich aber darum, ob er diese Aeusserung auch
ernst gemeint habe, oder ob er sich gar etwa nur versprochen
habe, so würden wohl nicht diejenigen, welche Uebereinstimmung von Willen und Erklärung behaupten, sondern diejenigen,
welche diese Uebereinstimmung leugnen, ihre Ansicht begründen müssen; und ähnlich verhält es sich mit dem Beweise
der Zurechnungsfähigkeit, der Ernstlichkeit einer gemachten Aeusserung u. a.

Manche dieser Annahmen des täglichen Lebens kehren
denn auch im gemeinem Rechte als Rechtspräsumtionen
wieder. Dahin würde ich z. B. zählen — die Rechtsfähigkeit ist heute jedem gesichert — die Vermuthung der
Handlungsfähigkeit[2], des Todes eines Verschollenen, der

---

1) a. a. O. p. 337.

2) l. 9. C. de prob. 4, 19 (Diocl. et Max.). Cum te minorem
quinque et viginti annis esse proponas adire praesidem provinciae
debes et de ea aetate probare. l. 5 Cod. de codic. 6, 36. ne codicillos
quidem furentem posse facere certissimi juris est; si igitur scriptura
velut codicillorum patris tui fuit prolata ut aliquid ex hac peti
possit, asseverationi tuae mentis eum compotem fuisse negantis,
fidem adesse probari convenit. Auch widerspricht nicht, l. 7. c. h. t.
matrem tuam consecutam libertatem ac te post editam, ut ingenua
probari possis ostendi convenit. Quod fratribus tuis nulla moveatur
quaestio ad defensionem tuam nihil prodesse potest. Offenbar ist
hier, das die Mutter Sklavin war, nachgewiesen oder zugestanden,

Uebereinstimmuug des Willens mit der Willenserklärung [1]).

In anderen Fällen könnte die durchgängige Unmög-
lichkeit des direkten Beweises einer immerhin relevanten
und daher auf ihre Wahrheit zu prüfenden Thatsache dazu
geführt haben, dem sie Bestreitenden den Beweis aufzuer-
legen. Dahin könnte man etwa stellen die bekannte und
abgehetzte Präsumtion »pater est quem nuptiae demonstrant,«
wenn man will die Annahme der Fortdauer eines einmal
existent gewordenen Rechtes [2]); in wieder anderen Fällen
kann das Interesse der Sittlichkeit den Anstoss zur Aufstellung von Rechtsvermuthungen gegeben haben, wie uns

---

und wird die Fortdauer dieses bewieseuen Rechtszustandes — aus
der auch die Eigenschaft der Tochter als Sklavin folgt — bis zum
Gegenbeweise präsumirt. —

C. 16 X. h. t. de praesumt. 2, 13 — — sed presbyta me-
moratus archidiaconi declinans examen asseruit, quod nequaquam
sufficiebant duobus clericis facultates ecclesiae memoratae, adjiciens,
quod praedictus C. non erat idoneus ad illius ecclesiae beneficium obti-
nendum, causamvobis duximus commitendam ita, ut ex illa clausula,
scilicet »si persona fuerit idonea,« quae nostro rescripto reperitur in-
serta, eidem scholari probandi se idoneum nulla necessitas imponatur
cum prima facie praesumatur idoneus: nisi aliud in contrarium,
ostendatur.

1) Vergl. ausser den oben nach Burckhard citirten praesumtiones voluntatis l. l. § 20 de excerc. act. 14, 1. in re dubia
melius est verbis servire l. 69. pr. deleg. III. non aliter a signi-
ficatione verborum recedi oportet quam cum manifestum est, aliud
sensisse testatorem l. 25 § 1. eod. cum in verbis nulla ambiguitas
non debet admitti voluntatis quaestio.

2) l. 47 cit. C. h. t. l. 12 cit. D. h. t. vv. nam si creditum
petam ille respondeat solutam esse pecuniam ipse hoc probare cogendus est. cf. l. 22. eod. l. 22. § 2. in fine eod. l. 10. C. de pign.
act. 4, 24. — unde intelligis quod si originem rei probare potes
adversario tenente vindicare dominium debes etc. l. l. C. h. t.
(Sever. et Anton.) ut creditor qui pecuniam petit numeratam implere
cogitur ita rursum debitor qui solutam affirmat, eius rei probationem praestare debet. l. 16. C. h. t.

denn ja berichtet wird [1]), dass die bekannte praesumtio Muciana eingeführt sei »evitandi turpis quaestus causa.« Und so können noch Manche andere legislatorische und zeitgemässe Gründe zur Einführung solcher gesetzlichen Annahmen beigetragen haben [2]). Wie weit ein positives Recht in der Aufstellung von Präsumtionen gegangen ist, das hängt von in abstracto nicht zu bestimmenden Constellationen ab, schwerlich aber wird eine Gesetzgebung ihrer ganz entrathen können [3]).

----

1) l. 51. D. de donat. i. v. et u. 24, 1.

2) Eine Klassificirung der gemeinrechtlichen Präsumtionen, mit der Burckhard in seinem oben besprochenen Werke einen Anfang gemacht hat, würde gewiss auch für unsere Lehre werthvoll sein.

Für manche der angeführten und sonstigen Präsumtionen möchte übrigens wohl, wenn man die Quellenstellen nicht in diesem Sinne annehmen will, ein Gewohnheitsrecht nachweisbar sein; denn wenn auch die neuern Gelehrten versuchen, solche Sätze aus neuen generellen Principien abzuleiten, so werden doch auch sie kaum geneigt sein zu behaupten, dass auch vor ihnen in diesem Sinne die entsprechende Beweisvertheilung stattfand und dass nicht vielmehr Richter und Parteien — auch abgesehen von den Zeiten der alten Präsumtionentheorie — in der Ueberzeugung es mit Praesumtionen zu thun zu haben handelten.

3) Hier mögen beispielsweise einige Präsumtionen aus dem gemeinen Rechte zum Zeichen der Mannigfaltigkeit der etwa vorgelegenen Gründe folgen. l. 40. § 4. D. de proc. et def. 3, 3. In his autem personis, in quibus mandatum non exigimus, dicendum, est, si forte evidens sit contra voluntatem eos experiri eorum, pro quibus interveniunt, debere eos repelli. Ergo non exigimus, ut habeant voluntatem vel mandatum, sed ne contraria voluntas probetur, quamvis de rato offerant cautionem. l. 5 D. de in jus v. 2, 4 — pater est quem nuptiae demonstrant (l. 12 D. 1, 5. l. 6. D. 1, 6.) l. 9. seqq. D. 34, 5. cum bello pater cum filio periisset divus Hadrianus credidit patrem prius mortuum Si L. T. cum filio pubere perierit, intelligitur supervixisse filius patri — nisi contrarium comprobetur. Quod si impubes cum patre filius perierit creditur pater supervixisse. l. 3. C. de ap. publ. 10, 22. c. 8 X. 1, 1. et tanta sit judicialis auctoritas ut semper pro ipso praesumi debeat, donec contra

Nachdem der Richter auch diese Behauptungen ausgeschieden, fragt es sich nun, ob ihm nicht in Betreff der Vertheilung der Beweislast für die Masse der übrigen bestrittenen Behauptungen ein Princip zu Gebote steht. Jetzt also erst kann von einem Principe der Regulirung der Beweislast die Rede sein.

Und da meine ich, verdient es wohl beachtet zu werden, dass die Frage nach der Beweislast an sich durchaus nicht auf die Jurisprudenz beschränkt ist [1]). Es liegt in dem Wesen jeder Wissenschaft, dass wie ihre Jünger prüfend die gegenseitigen Aufstellungen eigener Beurtheilung unterwerfen, so jeder, der einer Ansicht Geltung verschaffen will, den Weg zur Ueberzeugung seiner Mitmenschen wenn nicht von der mathematischen Richtigkeit, so doch von der historischen oder sonst dem Zwecke der einzelnen Wissenschaft genügenden Wahrheit seiner Behauptungen suchen muss. Es ist also die Frage nach der Beweislast eine allen Wissenschaften gemeinschaftliche. Und das Princip, welches wir in jeder dieser Wissenschaften als ein selbstverständliches betont finden, ist allerdings das des täglichen Lebens: beweisen muss, wer behauptet, nicht wer diese Behauptung bestreitet. Es wäre demnach eine auffällige Erscheinung, wenn in unserer Frage, nachdem sie in die Formen einer speziellen Wissenschaft eingeschränkt ist, eine andere Entscheidung getroffen würde, und mit Sicherheit liesse sich annehmen, dass unsere Quellen nicht nur eine solche Abweichung ausführlich motiviren und nachdrücklichst aufstellen, sondern sich auch ausdrücklich gegen die an sich anzunehmende Regel mit der Bemerkung wenden würden, dass diese Regel nicht wie zu erwarten, Platz

---

ipsum aliquid legitime comprobetur. Cf. l. 10. D. de I. f. 39, 14. Non puto delinquere eum, qui in dubiis quaestionibus contra fiscum facile responderit.

1) cf. auch Bethmann-Hollweg p. 337.

greife. Ganz im Gegentheil finden wir aber anerkann-
termassen unsere Frage in den Quellen sehr kurz behandelt, und was mehr ist, in den wenigen einschlägigen
Bemerkungen sogar den Satz des gewöhnlichen Lebens
ausdrücklich bestätigt: »ei incumbit probatio, qui dicit, non qui negat.«

Uebersetzen wir nun diesen Satz in die Sprache
unserer Wissenschaft.

Was bedeutet in unserem speciellen Falle der processualischen Beweisvertheilung: »behaupten«, was »beweisen«?

Wir sahen in der Einleitung dieser Erörterungen,
dass der Zweck der Parteiaufstellungen und der Beweisführung nur der sein kann, den Richter in den Stand zu
setzen, einen vorliegenden Rechtsstreit richtig zu entscheiden: denn zu diesem Zwecke steht ihm nur das Material
der Akten, »der Processstoff«, wie ich es nennen will, zu
Gebote, dessen Zusammentragen eben ganz den Händen
der Parteien anvertraut ist. Behaupten kann also nur
soviel sein wie um »Aufnahme von etwas in diesen Processstoff bitten«, Zweck des Beweises allein: dieses Etwas
als zur Aufnahme berechtigt darzustellen.

Wer immer verlangt, dass seiner Behauptung Eintritt in
das Reich des Processes gewährt werde, der muss ihr gleich-
sam eine Legitimation verschaffen; diese besteht möglicherweise in der Zustimmung der andern Partei, mit der zusammen der Behauptende ja den Processstoff beherrscht,
möglicherweise in der Bestimmung des über beiden stehenden Gesetzgebers, einer Behauptung wenigstens vorläufig
den Eingang nicht zu verwehren (praesumtio juris). In
jedem anderem Falle greift die Betrachtung durch, dass
das Reich des Processes ein Reich wenigstens juristischer
Wahrheit ist: und die Legitimation kann also nur bestehen
in der notorischen oder in der bewiesenen Wahrheit
der Behauptung.

Beweisen muss, so lautet demnach kurz die juristische Uebersetzung des oben gegebenen Principes, wer eine Behauptung als **wahr** in den Processstoff aufgenommen wissen will, oder — wenn wir die oben gemachten Ausscheidungen berücksichtigen, »beweisen muss derjenige, der eine den Ausgang des Processes beeinflussende, nicht notorische, thatsächliche Behauptung gegen das Leugnen des Gegners, ohne von einer Präsumtion unterstützt zu sein, aufstellt. —

Dass die Rolle der behauptenden Partei als Kläger oder Verklagter an sich nichts mit der Vertheilung der Beweislast zu thun hat, geht wohl schon daraus hervor, dass es Processe gibt, in denen nur der Kläger, und wiederum Processe, in denen nur der Beklagte beweisen muss: z. B. Kläger behauptet auf Grund gewisser Thatsachen Eigenthum an einer im Besitze des Verklagten befindlichen Sache und verlangt deren Herausgabe: Beklagter leugnet einfach die Wahrheit der vorgeführten Thatsachen oder aber gesteht sie zu und schützt die exceptio rei venditae et traditae vor auf Grund von Thatsachen, die nun Kläger leugnet; ferner auch daraus, dass ganz dieselben Thatsachen in Beziehung auf dasselbe Rechtsverhältniss sowohl zur Unterstützung einer Klage wie zur Abwehr geltend gemacht werden können (z. B. A°. emt. und ex°. r. v. et tr.), dass der Beklagte, wie unsere Quellen sagen, beim Vorschützen von Exceptionen [1] als actor erscheint, Kläger aber in der Replik gegen ein vom Beklagten vorgeschütztes Recht (z. B. pactum de non petendo) offenbar wie Beklagter in der Einrede erscheint. Ganz natürlich aber ist es, wenn der Kläger, der zunächst den Richter anruft und die positive Forderung „verurtheile" stellt, dem nur seiner Pflicht Recht zu geben genügendem abwehrenden Beklagten gegenüber

---

1) In römischem Sinne und wenigstens bei diesen.

als Behauptender κατ' ἐξοχὴν erscheint; und mit Rücksicht auf den Zweck des Processes für den Kläger, der diesen ja als Mittel zunächst ergriff — also auf die klägerische Forderung gesagt wird, „actori incumbit probatio, non reo", ein Satz, der sich also nicht sowohl auf einzelne thatsächliche Behauptungen, wie vielmehr die Erhebung eines rechtlichen Anspruchs überhaupt bezieht, deren Motivirung er dem Kläger (in exceptionibus dem Beklagten) zuweist.

Man könnte gegen die Fassung unseres Satzes einwenden, es könne vorkommen [1]), „dass eine Partei etwas gar nicht besonders anführe, und natürlich doch den Beweis davon übernehmen müsse: genug, dass sie etwas verlangt, was ohne einen gewissen faktischen Grund nicht verlangt werden kann".

So schon Weber; aber dieser selbst scheint bereits der Erkenntniss nahe, dass in solchen Fällen eigentlich nur das Aufnehmen einer Behauptung durch eine Partei vorliegt, die in der Behauptung der Gegenpartei mit juristischer Nothwendigkeit enthalten war. Es wäre demnach in besagtem Einwande das Wort „besonders" entschieden zu betonen und gehört die ganze Sache unter die sog. Substantiirungsfrage. Wer behauptet, „ich habe gekauft" und dies in den Processstoff aufgenommen wissen will, der behauptet logisch nothwendig auch, „ich existirte bereits zur Zeit des fraglichen Geschäftes, ich war handlungsfähig", und wenn also der Gegner einwendet [2]), „du existirtest damals noch nicht, du warst nicht handlungsfähig", so verlangt er nicht seinerseits Aufnahme einer neuen Behauptung in den Processstoff, so gibt er damit nicht ein neues Moment zu beweisen, sondern er leugnet nur etwas, was ich implicite behauptet habe, etwas, dessen Erwiesenheit zu den Voraussetzungen des möglichen Beweises **meiner**

---

1) So wörtlich bei Weber a. a. O. p. 318 ff.

2) Ich sehe hier natürlich von etwaigen Präsumtionen ab.

Behauptung gehört, dass ich also, auch wenn er meine Behauptung pure geleugnet hätte, im Beweise derselben mit bewiesen haben würde. In der That habe ich also nur zu beweisen, was ich selbst vorbrachte, muss mir aber gefallen lassen, dass meine Behauptung nach den Regeln juristischer Logik auseinander gefalten wird.

Auch die Grenze ist hier leicht gezogen: es ist anerkannt, dass bei der Begründung eines Anspruchs die thatsächlichen Momente anzugeben und juristische termini technici im Allgemeinen zu vermeiden sind. Es genügt also nicht zu sagen: ich bin Eigenthümer, weil Eigenthum auf die verschiedenste Weise erworben werden kann. Umgekehrt würde daher eine Zerlegung dieser Behauptung durch den Gegner etwa dahin: „so beweise, dass dir die Sache vom Eigenthümer tradirt worden ist“, nicht gestattet sein, denn der Beweis des Eigenthums setzt den Beweis dieser Tradition nicht nothwendig voraus; meine Behauptung brauchte also die des Gegners nicht zu enthalten. Behaupte ich aber Eigenthümer eines Grundstücks in A. geworden zu sein, zu einer Zeit, wo — wie der Richter wissen muss — in A. nur durch Eintragung in ein Grundbuch Eigenthum an einem Grundstücke erworben werden konnte, so muss ich, wenn der Gegner sagt, „du bist nicht in das Grundbuch eingetragen worden“, allerdings den Beweis der Eintragung liefern. Also nur das nothwendig von mir implicite gesagte, d. h. Dinge, deren Erwiesenheit Voraussetzung meiner Behauptung ist, können mir in dieser Weise vom Gegner suppeditirt werden, oder mit andern Worten, die Behauptung des Gegners ist nichts, als eine Aufforderung, den mir so wie so aufliegenden Beweis, den er mir vielleicht im Uebrigen erlässt, auf diesen oder jenen speciellen Punkt besonders zu lenken.

Bei der schwierigen exceptio non impleti contractus scheint mir die Sache anders zu liegen [1]). Ich

____

1) Bei der Bestrittenheit der civilrechtlichen Construction dieser Exception ist mir es sehr fraglich, ob nicht die Schwierigkeiten, die

lege das dabei vorliegende Verhältniss folgendermassen auseinander.

Wenn ein Kläger auf Gruud gegenseitigen Vertrages eine Forderung erhebt, der Beklagter die exceptio n. i. c. entgegensetzt, so liegen in diesen juristischen Handlungen resp. Ausdrücken folgende Behauptungen verborgen:

1) Kläger. Behauptung: Abschliessung eines gegenseitigen Vertrages mit Beklagtem.

Folgerung des Richters: Forderung gegen Beklagten.

2) Beklagter. Behauptung: a) Abschliessung eines gegenseitigen Vertrages mit Kläger.

Folgerung des Richters: Forderung gegen Kläger.

Behauptung b): diese entstandene Forderung besteht noch.

Folgerung des Richters: exc. non i. c.

3) Kläger: Behauptung: a) ad 2 a): Ja! gleich 1).

b) ad 2 b): Nein! (Die Forderung ist getilgt.)

Folgerung des Richters: Verurtheilung des Beklagten.

Wenden wir nun hier unser oben aufgestelltes Princip an, so wäre also zu sagen: jeder muss ganz wie gewöhnlich alles was er als wahr aufgenommen wissen will, beweisen. Die Behauptungen ad 1), 2 a) und 3 a) sind aber durch das gegenseitige Zugeben des Contractabschlusses des Beweises nicht bedürftig. Es bleibt also zu Beweis zu verstellen, die Behauptung ad 2 b) und zwar demjenigen, der sie gemacht hat, d. h. dem Beklagtem; für diese spricht aber, da sie die Fortdauer eines als entstanden feststehenden Rechtes aufstellt, die bekannte Rechtspräsumtion und muss somit Kläger, wenn er durchdringen will, nachweisen, dass dieselbe in concreto unzulässig sei. So erscheint

---

sie allen über Beweislast aufgestellten Theorien macht, in anderem, nicht von diesen Regeln beeinflussten Zusammenhange ihre Lösung finden muss.

also auch hier eine Ausnahme von unserer Regel nicht als nothwendig (cf. Pr. A. L. R. Theil I, Tit. 5, § 271).

Will man sich nun vergegenwärtigen, wie sich unsere Regel in ihrer praktischen Anwendung äusserlich darstellt, so wird sich dabei aus dem in allen Processen gleichem Zwecke des Klägers eine Verurtheilung — des Beklagten eine Freisprechung — zu erzielen, eine gewisse Gleichmässigkeit der Behauptungen ergeben, die Kläger, wenn er seinen Zweck erreichen will, machen muss, und die Beklagter, um diesen Zweck zu vereiteln, machen kann. Man mag. da mit Grund eine Eintheilung aller Behauptungen statuiren, etwa in Klaggrund — rechtsvernichtende, rechtshindernde, exceptionelle Behauptungen — oder ähnlich — deren Berücksichtigung bei der Beweisvertheilung in Verbindung mit unserm Principe praktisch sein kann, die aber an sich auch ganz abgesehen von der Beweisfrage, gerechtfertigt ist und mehr mit 'der sogen. Allegationsverbindlichkeit und Processpolitik, wie mit der Beweislast zu thun hat [1]). Es wird sich dann, wenn man annimmt, dass Kläger und Beklagter nur die ihrem Zwecke dienlichen Behauptungen vorgebracht hätten, etwa sagen lassen: Kläger hat zu beweisen den Klaggrund, d. h. die Behauptungen, aus denen er sein Recht gegen Beklagten ableitet, und zwar alle — wenn man will: er hat die wesentlichen Bedingungen oder Voraussetzungen seines Rechtes zu beweisen, nur muss man dann unter dem Gegensatze der letzteren nicht die Negationen von wesentlichen Voraussetzungen aller, also auch, dieses Rechtes begreifen, sondern nur diejenigen Thatsachen den zu beweisenden Erfordernissen eines Rechtes gegenüber stellen, welche durch ihr Hinzutreten zu dem fertigen Rechts-

---

1) Maxen's Behauptung a. a. O. p. 64; „und bestimmt sich demnach die Allegationsverbindlichkeit des Klägers nach der ihn treffenden Beweislast", scheint mir doch etwas unnatürlich.

körper der übrigen Thatsachen diesen entkräften. Man darf also die Behauptung, „es fehle ein wesentliches Moment", niemals als rechtshindernde bezeichnen, denn in diesem Sinne würde man mit gleichem Rechte jedes fehlende Stück eines Thatbestandes resp. jede Behauptung eines Umstandes, dessen Existenz ein Moment des Thatbestandes ausschliesst, als rechtshindernd bezeichnen können. Es wird der Beklagte beweisen müssen in gleicher Ausdehnung seine Exceptionen [1]), sodann die rechtsvernichtenden

---

1) Es ist in der Einleitung betont worden, dass die meisten Gelehrten nicht ohne vorgefasste Meinungen an die Bearbeitung unserer Lehre gegangen sind. So findet sich auch besonders häufig die Anschauung, es lasse sich unsere Frage in fruchttragender Weise nur in Verbindung mit der Lehre von den Exceptionen lösen. Indem man zugab, dass auch diese letztere Lehre der Aufklärung sehr bedürftig sei, versäumte man den naheliegenden Schluss zu ziehen, dass ein Urtheil über das Ineinandergreifen zweier gleich wenig feststehender Faktoren doch wohl ein voreiliges ist — und im Allgemeinen das Hineinmischen fernerer Controversen als der Erörterung einer vorliegenden hinderlich eher zu vermeiden ist. Hier trat hinzu, dass mit „Exceptio" theilweise die Exception des römischen Formularprocesses, theilweise die Einreden überhaupt, zum Theil wieder andere Begriffe bezeichnet wurden. Wo in vorliegender Arbeit die exceptio erwähnt wird, ist der römisch-rechtliche Begriff gemeint, über dessen Auffassung meinerseits Folgendes gesagt sein mag: Stellt man zunächst die exceptio zur Zeit des römischen Formularprocesses der Einrede (defensio, Auszug) gegenüber, so lässt sich sagen, die Exceptionen sind ein engerer Kreis von Einreden: Einrede ist jede mit der Wahrheit der Klagthatsachen vereinbare, mit der Existenz oder Wirksamkeit des Klageanspruchs unvereinbare Behauptung; exceptio dagegen die speciell mit der Wahrheit der klägerischen intentio vereinbare, aber mit der Ableitung der condemnatio aus ihr nicht vereinbare Behauptung, also jede Thatsache, die das an sich existente Recht des Klägers nur unwirksam macht. Die Frage, ob die exc. aus dem heutigen Rechte ganz zu verbannen sei, wird sich wohl darnach beantworten, ob ein anderer als rein formaler Grund im römischen Rechte die Veran-

Thatsachen, die das entstandene Recht wieder aufgehoben haben (auf Grund der praesumtio für die Fortdauer), und die rechtshindernden in dem Sinne, dass trotzdem alle wesentlichen Erfordernisse dargelegt sind — d. h. also trotz gelieferten Beweises, so dass, wenn Beklagter keine neuen Behauptungen in den Processstoff hätte aufgenommen wissen wollen — quod non est in actis, non est in mundo, der Richter in Klägers Sinne seine Entscheidung hätte treffen müssen, — dass also trotz alledem durch ein hinzutretendes Moment die rechtliche Wirkung im Keime erstickt ist. —

Das alles aber scheint mir für unsere Frage mehr secundärer Natur zu sein[1]).

---

lassung war, gewisse Einreden als „exceptiones" auszusondern, und ob dieser materielle Grund nur im römischen Rechte vorlag, also ein historischer ist, oder aber im Wesen gewisser Rechtsmittel begründet ist: Eine Frage, deren schwieriger Beantwortung ich hier füglich überhoben bin (ausführliches darüber bei Wach, Grundr. zu Vorl. ü. Civilp. 1875, p. 86—94). Der oft gehörte, znr Beseitigung veranlassende Grund, die „exceptio" verdanke ihre Entstehung dem römischen Formularprocesse und sei durch Aufhebung der Trennung des Processes in jus und judicium von selbst beseitigt, lag doch wohl schon zur Zeit der Justinianischen Compilation vor, in der wir die exceptio fortlebend fanden.

1) Es ist zwar in der vorliegenden Arbeit grundsätzlich von der Behandlung der zahlreichen Einzelcontroversen abgesehen worden. Doch möge die eine allgemeine Bemerkung erlaubt sein, dass es sich bei vielen dieser Streitfragen meines Ermessens gar nicht um die Frage nach der Beweislast handelt, dass es gar nicht streitig ist, „wer muss eine behauptete Thatsache beweisen", sondern dass es streitig ist, welches nach den materiellen Rechtsvorschriften die Voraussetzungen eines behaupteten Rechtes sind, so dass nach Entscheidung dieser naturgemäss den Behauptungen vorausgehenden Frage, ruhig die aufgestellte allgemeine Regel angewandt werden kann.

IV.

Schluss.

———

Es erübrigt noch, das aufgestellte Princip in Kürze mit den in der Dogmengeschichte besprochenen Theorien zu vergleichen.

Von dem Satze actori semper incumbit probatio unterscheidet es sich einfach dadurch, dass es ganz davon absieht, ob eine Behauptung vom Kläger oder vom Verklagten ausgeht, und vielmehr alles auf den Einfluss einer Behauptung auf die Grundlage des richterlichen Urtheiles stellt.

Auch der Auffassung, dass nur positive Behauptungen und niemals Negationen bewiesen werden müssten, tritt es klar entgegen, indem es auf den Charakter einer Aufstellung als Position oder Negation einer Thatsache keine Rücksicht nimmt.

Ebenso ist es unnöthig näher darauf einzugehen, wie sehr die hier vorgetragene Ansicht von der alten Präsumtionstheorie abweicht: was jene als das Princip aufstellt, das durchbricht hier das Princip als Ausnahme.

Von der Weber'schen Theorie entfernt sich die Ansicht des Verfassers schon dadurch, dass Weber abgesehen von der Unbestimmtheit des in seine Definition aufgenommenen Begriffes „der Befreiung von Rechten und Anmassungen"[1]), zwei verschiedene Grundsätze unvermittelt

———

1) Cf. dagegen Bethmann-Hollweg a. a. O. p. 335 u. 336.

neben einander stellt, ohne für beide eine principielle Be
gründung zu versuchen [1]).

Auch mit Bezug auf die Aufstellung der neueren Gelehrten, mit Ausnahme Bethmann-Hollweg's, ist im Verlaufe der Darstellung mehrfach hervorgehoben, dass der
Gegensatz von rechtserzeugenden und rechtsvernichtenden
oder hindernden Thatsachen in der Bedeutung, wie jene
Schriftsteller ihn auffassen, als nicht geeignet erscheint,
um darauf die Hauptregel für die Beweislast zu bauen,
und ist in die von mir gegebene Fassung der Regel denn
auch jene Gegenüberstellung nicht aufgenommen worden.

Am nächsten steht meine Auffassung der Bethmann-
Hollweg'schen.

Ich muss hier nochmals hervorheben, was bereits in
der Einleitung betont wurde, dass es sich nemlich bei
unserer ganzen Frage nicht mehr darum handelt, von ver-
schiedenen unvereinbaren Resultaten eins als das richtige
hinzustellen oder ihnen allen gegenüber ein neues Resultat
zu eruiren. Vielmehr ist eine überwiegende Gleichheit in
der Rechtssprechung und Uebereinstimmung der Theoretiker
in den praktischen Resultaten von jeher, wie das bei der
Natur unserer Frage erklärlich ist, vorhanden gewesen:
und die dadurch für eine klare Erkenntniss der Beweis-
lasttheorie nicht unwichtig und überflüssig gewordenen
Differenzen betreffen wesentlich die principielle Begründung der bei der Vertheilung der Beweislast allgemein befolgten Regeln. Der wesentliche Unterschied
zwischen meiner Ansicht und der des grossen Civilprocessua-
listen liegt nun darin, dass Bethmann-Hollweg sagt:
es beruht auf ein und demselben allgemeinen wissenschaftlichen Principe, dass der Behauptende beweisen
muss, **und** dass er nur diejenigen Erfordernisse der Entstehung eines Rechtes erweisen muss, durch die sich dieses

---

1) Darüber vgl. Bethmann-Hollweg a. a. O. p. 336.

Recht von andern unterscheidet, denn diese begründen in
der Regel das fragliche Recht, machen den Begriff des
betreffenden Rechtes resp. Rechtsgeschäftes aus"

während ich sage:

„es ist so wenig Regel, dass diese specifischen Erfordernisse
ein Recht begründen, es ist der Begriff eines Rechtsgeschäftes so wenig mit dem Vorhandensein dieser Erfordernisse
abgeschlossen, dass im Gegentheil ohne die allgemeinen
Erfordernisse niemals ein Recht erzeugt werden, dass ohne
sie der Begriff eines Rechtsgeschäftes gar nicht gefasst
werden kann. Wo also ein solches allgemeines Erforderniss nicht vom Behauptenden bewiesen werden muss, da
kann nicht ein Ausfluss unserer Hauptregel vorliegen,
sondern es liegt eine Ausnahme vor: Ausnahmen so zu
sagen selbstverständlicher Art, wie ich glaube, durch gesetzliche Präsumtionen statuirt: immerhin aber unserer Regel widersprechend.

Bethmann-Hollweg hat durch seine Aufstellung
die Veranlassung gegeben zu der meines Ermessens ungerechtfertigten gegensätzlichen Gegenüberstellung von allgemeinen Erfordernissen aller Rechte, die nur als rechtsvernichtende Thatsachen in Betracht kämen und den
speciellen Erfordernissen des in concreto behaupteten Rechtes als rechtserzeugender Thatsachen. Uebrigens sind jene
„Voraussetzungen aller Rechte" in Wirklichkeit gar nicht
bei allen Rechten dieselben. So ist beispielsweise zwar
zur Entstehung eines jeden Privatrechtes Rechtsfähigkeit
nöthig, aber dasselbe lässt sich nicht von der Handlungsfähigkeit und Vertragsfähigkeit behaupten[1]. Es hat übrigens auch diese Folgerung Bethmann-Hollweg's aus
seiner Regel nicht so allgemeinen Anklang gefunden wie
diese Regel selbst: es zeigt sich das darin, dass eben in
den späteren Monographien die sog. allgemeinen Erforder

---

1) Man denke nur an das Erbrecht des suus infans und furiosus.

nisse als rechtsvernichtende und verhindernde Thatsachen aufgefasst werden, um dann mit den specifischen zusammen unter eine Regel gestellt zu werden, die im wesentlichen wieder auf dem Gegensatze von negativen und positiven Behauptungen fusst, indem sie nur positiv wirkende Thatsachen als beweiserheischend darstellt.

Der Kern meiner Regel, dass der Behauptende, nicht der Leugnende zu beweisen habe, leuchtete von jeher allen Bearbeitern unserer Lehre ein. Aber es fanden sich Ausnahmen und diese erschienen zum Theil und zwar dadurch, dass sie fast in jedem concreten Rechtsstreite zur Frage kommen können, so wesentlich, dass man glaubte, es sei Unrecht, hier von Ausnahmen zu reden und für sie nach einem neuen Princip suchte. Wohl gab es für manche dieser Ausnahmen ein solches; aber dies ist ein über die Grenzen des Rechtes hinausreichendes, Regel und Ausnahme umfassendes: wie das Recht seine Regel dem Leben entlehnte und damit die Beweggründe, die in jenem zu dieser Regel geführt hatten, anerkannte, so nahm es auch auf Grund derselben Anerkennung die Ausnahmen des täglichen Lebens auf.

Doch dies Princip war es nicht, welches man fand. Man suchte, um ein solches zu entdecken, alle jene Ausnahmen unter einen gemeinschaftlichen Begriff zu bringen. Dabei konnte man naturgemäss nicht genügend deren wesentliche Verschiedenheiten berücksichtigen, und eben diese wesentliche Verschiedenheiten brachten es mit sich, dass wenn hier überhaupt ein gemeinsamer Begriff gefunden werden konnte, es jedenfalls ein sehr weiter sein musste, der viele Gegensätze in sich bergen konnte. In der Dogmengeschichte hat sich gezeigt, dass es der Begriff der Negation war, der hier in verschiedener Form zu Hülfe gezogen wurde: ganz offen in dem alten Satze: „Negationen sind nicht zu beweisen," versteckt und verschwommen in der Theorie, die das Nichtsein einer Präsumtion zum Kriterium erhob, mehr oder minder deutlich in den fein gegliederten neueren Lehren. Die Gefahr, die stets bei diesem Begriffe nahe liegt, dass man nemlich seine Grenzen zu einer alles umfassenden Ausdehnung erweitern kann, indem man an Stelle einer Position die Negation des Gegensatzes setzt, bot unwillkürliche aber willkommene Gelegenheit, auch die widerspänstigsten Ausnahmen als Ausflüsse einer Regel erscheinen zu lassen.

Damit erreichte man eine dialektische Abrundung der ganzen Lehre, deren Annehmlichkeiten gewiss schätzbar sind, deren Fehlen jedoch kein sicheres Kriterium ist für die Unrichtigkeit zumal einer auf positiv rechtlicher Grundlage stehenden Untersuchung.

Lebenslauf.

———

Ich wurde am 24. Mai 1853 zu Burtscheid bei Aachen geboren. Meine Eltern, welche beide mir Gottes Gunst noch erhalten hat, der Grubendirector Friedrich Wolff und Maria geb. Schulze, gaben mir in der Taufe die Namen Ludwig Heinrich Alfons.

Nach Absolvirung des unter der vorzüglichen Leitung des Director Dr. Probst stehenden Gymnasiums zu Essen wurde ich in Bonn in das Album der philosophischen Facultät eingetragen, der ich ein Jahr lang angehörte.

Alsdann beschäftigte ich mich drei Jahre mit der Rechtswissenschaft, hörte in Heidelberg und Bonn die Vorlesungen der P. P. Bluntschli, Karlowa, Renaud, Bauerband, Haelschner, Hüffer, v. Meibom, v. Schulte, Sell, v. Stintzing und Wach, und nahm an den von Prof. Schlossmann geleiteten Uebungen des Pandektenseminares Theil. Allen diesen meinen verehrten Lehrern schulde und bewahre ich tiefen Dank.

Seit November 1875 bin ich als Referendar am Kgl. Kreisgerichte in Essen beschäftigt.

———

Thesen.

1) Die Gerichte sind in Strafsachen weder mit Geschworenen noch mit Schöffen, sondern nur mit richterlichen Beamten zu besetzen.
2) Es gibt keinen Zustand der „verminderten Zurechnungsfähigkeit".
3) Der Begriff „Gift" ist juristisch undefinirbar.
4) Die Rückziehung ist bei der Suspensivbedingung im Zweifel nicht als gewollt anzunehmen.
5) Die Wechselobligation kommt durch Vertrag zu Stande.
6) Die materielle Wechselstrenge besteht weder in der Wechselhaft noch in dem Ausschlusse gewisser Einreden, sondern in der formalen Natur der Wechselobligation.
7) Die Handelsgerichte sind abzuschaffen.
8) Die Principalintervention ist als ein durchaus anormales Institut in ihrer gemeinrechtlichen Gestaltung von der modernen Gesetzgebung nicht beizubehalten.
9) Die Abschaffung der Todesstrafe ist unangezeigt.